山西省社会科学院（山西省人民政府发展研究中心）
创新工程资助出版项目

新世纪中国抗战题材
儿童小说发展与作品赏析

郭子涵 ◎ 著

中国海洋大学出版社
· 青岛 ·

图书在版编目（CIP）数据

新世纪中国抗战题材儿童小说发展与作品赏析／郭
子涵著 . -- 青岛：中国海洋大学出版社，2025. 2
ISBN 978-7-5670-4123-3

Ⅰ. I207. 8

中国国家版本馆 CIP 数据核字第 2025QX3974 号

新世纪中国抗战题材儿童小说发展与作品赏析
XIN SHIJI ZHONGGUO KANGZHAN TICAI ERTONG XIAOSHUO FAZHAN YU
ZUOPIN SHANGXI

出版发行	中国海洋大学出版社
社　　址	青岛市香港东路 23 号　　　　邮政编码　266071
出 版 人	刘文菁
网　　址	http://pub.ouc.edu.cn
订购电话	0532-82032573（传真）
责任编辑	郑雪姣　　　　　　　　　电　　话　0532-85901092
电子邮箱	zhengxuejiao@ouc-press.com
印　　制	日照日报印务中心
版　　次	2025 年 2 月第 1 版
印　　次	2025 年 2 月第 1 次印刷
成品尺寸	170 mm ×240 mm
印　　张	11
字　　数	200 千
印　　数	1—1 000
定　　价	59.00 元

发现印装质量问题，请致电 0633-2298958，由印刷厂负责调换。

目 录
CONTENT

—┤ 下　编 ├—

新世纪中国抗战题材儿童小说发展与作品赏析

绪　论

第一节　研究缘起

一、本书研究的依据

"和平,可能是这样的,不打仗,不扔炸弹,不破坏房屋和城镇……饿了,谁都能有饭吃,学习,还能和朋友在一起。"日本绘本作家滨田桂子《和平是什么?》中几个有关和平的想象看起来如此简单质朴,却是很多国家、很多人无法企及的梦想。战争离我们很远,中国正以勃勃生机之姿驶入现代化发展的高速轨道,人们忙着工作、忙着生活、忙着幸福,几乎没有人为"和平"担心。但是,战争也可以离我们很近,它仿若间歇性发狂的暴徒,其带来的阴影从未远去。

中华五千多年历史,既是一部文明演进史,也是一部残酷战争史,更是一部波澜壮阔的民族心灵成长史。中国战争题材的小说源自远古神话故事。文学化的叙写以丰富想象见长,翻开古代神话传说渊薮《山海经》,黄帝、炎帝、共工、蚩尤等先民英雄,奇山异水,珍禽异兽纷纷跃然纸上;而后《大荒北经》之间的战争更是旷日持久、神秘莫测。中国"四大名著"之一的《三国演义》则将封建时代群雄并峙、错综复杂的阴谋阳谋演绎得轰轰烈烈,以宏大缜密的体量为后人称颂。伟大的马克思主义先驱列宁曾从人类社会发展进程的角度评价战争:"战争推动了历史,历史现在正以火车头的速度飞驰前行。"诚然,曾遍布中原大地的古代部落,在一次次争夺人力、土地、物资的过程中，不断地融合和扩大着规模，最终缔造了大一统的国度。我们承认战争对人类文明的一定贡献，但对这样亘古有之的暴力现象深恶痛绝。

抗日战争是中国近代史上最为重要的历史事件。自此，无数文学家从这一历史长河中掬一捧活水，创作出一大批重要且独特的文艺作品。在二十世纪三四十年代，以现实主义为矛，以传统文化为盾，中国儿童文学据此为坚韧武器，怀揣华夏之心，抵御外侵之辱，成为一道不可摧折的文艺风景线。传统儿童文学中以柔弱顺从示人，处于被保护者地位的儿童被战火中前进的小英雄取代，完成在战时语境下抗争主体的形象蜕变，爱国主义和革命主义在相当长的一段时间内成为儿童文学创作遵循的基本主题。在"革命替代家庭接管儿童"[1]的意识框架下，华山、峻青、管桦、徐光耀、颜一烟等优秀儿童作家创造的新人物、新精神、新人格取得了艺术和思想上的成功，将小英雄反抗轨迹嵌入家国命运的宏大叙事中，以此来强调爱国情怀和民族认同。这一时期涌现的抗战题材儿童小说是中国抗战题材儿童小说发展史上的丰碑。

新世纪以来，中国儿童文学学者提出"中国式童年"的构想为儿童文学突破模式化、概念化书写开拓了崭新局面。"中国式童年"从时间范畴上来看，包括过去、现在和未来三种时态。在对"过去"这一层面的儿童文化生态的思考中，儿童文学作家必不可免地遇到如何表现抗日战争这一既定存在的沉重历史问题。在新世纪抗战题材儿童小说中，主角的战场不再是敌后抗日根据地，而是包含国统区、沦陷区的整个中国。主角也不仅是一腔热血、冲锋在前的小英雄，而是一个个动荡时局中命运跌宕的普通儿童，以及通过他们的童眸观察着的芸芸众生。血雨腥风的战斗场景渐渐少见，代之以不见硝烟、悬念迭生的人性搏斗。战争以一种更隐晦的方式潜藏在文本之后，在文学现场还原那些复杂多维的童年生活时，偏向以硝烟中的小人物为中心，检视个人成长与苦痛撕扎，揭示人类的韧性和生命可以达到宽度和高度。非亲历者身份为创作者提供了叙事自由，他们自觉跳出阶级和革命立场，突破了仇恨和对抗的二元叙事逻辑。这种间离效应反而拓展了艺术表达，从而由呈现儿童直接参与抗战的集体主义转向关注个体创伤的精神救赎。新世纪中国抗战题材儿童小说在扎实的实地考察、严谨的史料整理、紧密的口述采访基础上进行创作，以人道主义立场和宏阔的国际视野实现了文学的社会文化功能。

战争如同突发的肮脏泥石流奔涌而来，被裹挟的平民百姓像一粒粒小石子顷刻间被淹没葬送，无数轻微生命撞击在岸边被碾碎无人知晓。新世纪抗战题材儿童小说打捞历史中丢失的平民声音，将最艰苦条件下的儿童感受和儿童梦想尽可能地丰满而立体复原，哪怕是处于战争这样极端罪恶的境遇中，那些充满活力的生命与童年仍熠熠生辉，令人持久地怀念和感动。因此，当战争摧毁了一切时，我们更加意识到捍卫儿童生存权利和精神家园的重要性和必要性。新世纪中国儿童文学作家实现历史厚重驳杂与儿童天性轻盈真趣融合，以多元化叙事形式贴近儿童战时真实生存境况，由可读的文本意义上升到哲学的价值旨规，在深层次的人文观照和人性挖掘上引发读者的共鸣共情。抗战题材是中国儿童文学无法穷尽的母题之一，始终在历史传授与艺术重构中保持着旺盛的生命力，我们热烈期盼看到更多细密缝制在文字肌理里的良苦用心。

二、本书研究的宗旨和方法

抗日战争毫无疑问是民族精神的淬炼场，其中展现的"天下兴亡""匹夫有责"的爱国主义精神，同仇敌忾、愈挫愈强的团结奋斗精神，休戚与共、精诚合作的国际人道主义精神，足以彪炳千秋、光耀史册。中国儿童文学肩负着"塑造未来民族性格"[2]的神圣使命，抗战题材儿童作品对最能集中表现高尚优秀民族精神的历史现场进行回顾，将人类关于真善美的最基本认知传导给少年儿童，从而引导他们心灵成长和人格提升。

"奥斯维辛之后，写诗是野蛮的。"关于战争的书写是不易的，阅读同样也是有障碍和艰难的，这里"隔膜"是来自久远历史造成的经验疏离。但是经典作品即使穿梭千年，仍带给人们普世意义。儿童文学与成人文学存在本质的不同，因此处理抗日战争这一题材时，需要中国儿童作家进行更为审慎和克制的表达。本书研究文本坚持的三个宗旨如下：

其一，坚持儿童本位原则。选择兼顾儿童读者的心理接受与审美需求的作品，但不能规避抗战历史中的这一缕极为重要的疼痛感，力求呈现童年在极致苦难重压下的多样态风貌。

其二，坚持历史真实与文学虚构相统一原则。选择遵循历史事实，探寻和还原战时童年现实应然的作品，文本需对地域性资源、传统文化资源和生成式想象资源做基于史实的改编和创构。

其三，坚持经典特质原则。新世纪抗战题材儿童小说不乏富含民族气节和民族气象的优秀之作，选择那些在主题选择、叙事技巧和艺术特色上乘，能代表当今儿童文学发展较高水准，并持久塑造少年儿童文化性格的作品，其中蕴含的经典特质足可以使其成为影响下一个时代的公认范本。

新世纪抗战题材儿童小说研究是一项兼具历史学、文学、人类学、伦理学与教育学价值的学术课题，既需要挖掘具体文本创作的独特艺术特质，也需要分析其在历史记忆传承、全人类命运共同体及儿童价值观塑造中的作用。本书的研究方法呈现多学科、多维度的研究特点，如文本细读法、儿童心理学、叙事学、童年历史学、跨文化比较法。

三、本书研究的目的和意义

当代国外战争题材儿童小说的译介和传播至中国，其臻于成熟的艺术风度为中国新世纪抗战题材儿童小说提供了重要的艺术参照，如洛伊斯·劳里的《数星星》、迈克尔·莫波格的《柑橘与柠檬啊》《战马》《听月亮的女孩》、尤里·奥莱夫的《鸟儿街上的岛屿》《隔离区来的人》、约翰·伯恩的《穿条纹衣服的男孩》。尤里·奥莱夫的《鸟儿街上的岛屿》和阿哈龙·阿佩尔菲尔德的《躲在树上的孩子们》遵照西方经典叙事模式"离散—逃亡—团聚"，战争的风险性打破儿童得以庇佑的家庭罩壳，儿童的社会性需求下降，直到成为保存生命的基础需求。两文中都写尽儿童如何发挥自己聪明才智寻找食物，防范敌人搜寻与攻击，忍耐黑暗和饥饿，扛过漫漫苦日。生存性需求成为助推儿童成长的原始动力。本尼·林德劳夫的《战地厨子和半个小兵》和麦克·莫波格的《柑橘与柠檬啊》审视战争本质的荒诞与悲剧，以温情叙说与悲情现实互为对照，写出一则则人性寓言。洛伊斯·劳里的《数星星》和迈克尔·莫波格的《战马》以第二次世界大战为背景，写人与人、动物与人之间的情感羁绊，既有细腻隽永之处，又有险象环生的情节,充满独属欧洲风格的艺术感染力。而角野荣子的《隧道里的森林》则从日本平民儿童的视角反思侵华战争,佐证战争在枪响之后没有赢家的荒谬与幻灭,突破单一受害者框架。简言之,国外战争儿童小说强调平民意识、探寻生命伦理及控诉战争不义性,给予新世纪中国儿童文学作家一定的价值启示。

适时总结意味着重新出发,抗战题材儿童小说创作亟须新视野、新方法和新突破。毛姆在《巨匠与杰作》中评价简·奥斯汀的作品时指出:"她的书中没有什么重大事件,可是当你读完一页的时候,你总会急切地翻到下一页,看看随后发生了什么事。没有什么事,而又让你急着翻到下一页,能够做到这一点的小说家,他具有小说家所应具有的最宝贵的天赋。"这种令读者牵肠挂肚的能力是需要锻炼的,作家要形成个性鲜明的语言风格,文字要好看,故事要好读。要讲好"这一个"故事,但不仅要讲好这个故事的内容,还要通过一个故事让人们"看到"一千个故事,看到更多的可能性存在。从一本书中看到广袤的人生,看到现实的自己,也看到想象中的自己,更看到他人的生活。我们希望看到另一个自己在平行时空做好现今无法完成之事,看到那个自己是那么勇敢无畏、不可战胜。圆融自如、举重若轻、诚意满满的作品将在语言搭建的桥梁中打通链接他人的情感通道,它为孩子们呈现的世界不仅仅是对历史的镌刻、对现实的还原,更应来自过去,却比记忆更深邃、更鲜活、更辽阔。从这里,儿童能感受到善良的力量、正义的限度、自由的可贵、道义的价值、生命的尊严。

本书立意在良莠不齐、纷繁多姿的新世纪抗战题材儿童小说之林中,鉴别、挑选一批可读性较强、可能具备经典特质的作品,向为儿童挑选书籍的成人和正值身心发展关键期的少年儿童推荐。打捞历史是为了对抗遗忘,九十多年前的国家民族之殇只有通过文学叙写才能不断加深人民记忆。抗战题材儿童小说通过代际创伤记忆的艺术转化,构建了跨越时空的情感共同体。少年英雄的成长叙事,本质上是以童真视角重构民族集体记忆的精神图谱,在个体命运与家国叙事的交响中,完成历史认知的价值传递。希望此书化身为这一代少年儿童穿越历史迷雾深海的帆舟,载他们前往那个灾难深重、同仇敌忾的抗日时代,在那里他们将为人民凄惨痛苦的无根生活落泪,为残忍罪恶的侵略行径愤慨,为无数烈士的青春之选折服,与作品主人公同悲同喜,分享无数生命的瞬间,目睹中国人民为了抗战胜利所付出的巨大努力和牺牲,充分感受到思想的分量、理想的光芒和奋斗的魅力,汲取正直、宽容、理解、坚韧、不屈等精神能量,从而获取披荆斩棘、面向未来的信心和勇气,培植根正苗红的人生观、世界观和价值观。这便是此书的目的和意义所在。

四、关于新世纪中国抗战题材儿童小说的界定

从广义上说,抗战文学包括的内容是极为丰富的。自中国抗日民族解放战争以来,反映抗战现实与民主斗争的文学作品都可被称作抗战文学。红色儿童文学、革命儿童文学与革命历史题材儿童小说这三个概念有重叠部分,涵盖了抗战儿童小说概念。结合抗战文学的特定内涵及时间范畴,就本书而言,新世纪抗战题材儿童小说的研究界定主要包括以下四层含义:

其一,作品展现的时间基准线应从 1931 年"九一八"事变起,至 1945 年 8 月日寇投降,抗战胜利结束。

其二,中国抗战题材儿童文学作为中国新文学重要组成,高举世界反法西斯文学旗帜,作品叙事背景为日本帝国侵略与中华民族反侵略战争,主题内容在于以儿童视角解读成长与抗争结合的战争体验。

其三,"新世纪"即二十一世纪以来。即对 2000 年后中国当下儿童文学小说创作实践进行考察。

其四,儿童小说作为儿童文学中的一种文体样式,指的是"专为儿童创作并适宜他们阅读接受的小说作品的总称。顾名思义,它是儿童的读者定位与小说的艺术体式相结合的产物"[3]。儿童小说是一种包容性很大的文体,人物和情节是其两大要素。本文分析的儿童小说为中长篇小说体例,绘本、童谣、爱国教育读本、成人抗战文学简读本等并不计划在内。

以现实主义传统为价值旨归的抗战题材儿童小说在儿童文学出版界占比并不高,但是所获殊荣不少,可见这个题材的小说质量上乘者多。基于以上创作现实,本书将新世纪中国抗战题材儿童小说历史书写作为一个整体进行系统和深入的整合分析,揭示这一经久不衰的命题所具有的

文化意义和社会意义。本书以时间为序,采用历时性考察方法,以 2000 年为时间锚点,系统梳理新世纪中国抗战题材儿童小说创作脉络,着重解读在某一历史时期内产生过或持久产生较大影响力和传播力,具备较鲜明的审美意蕴和文学品质的作品。通过文本细读与文化语境分析相结合的研究路径,"一书一评"艺海拾贝式勾勒这一类型化创作的价值嬗变与美学突破,在战争母题下构建一部小而精的史志纲略。

| 注释 |

[1] 吴翔宇,迁卓:《中国儿童小说"战争"书写的机制、策略与反思》,《文艺论坛》,2023 年第 3 期,第 44 页。
[2] 曹文轩:《中国八十年代文学现象研究》,北京:作家出版社,2003 年版,第 359 页。
[3] 方卫平:《儿童文学教程》,上海:复旦大学出版社,2015 年版,第 213 页。

第二节 "革命祛魅"与"人性归真"

——新世纪抗战题材儿童小说发展的两个面向

1931年9月18日是抗日战争拉开帷幕的一日,也是抗战文学自觉加入国家历史宏大叙事话语实践的一日。炮火灰烬并没有随着久长岁月消散于虚无,处于现代性转型期的中国当代儿童文学,抗战题材儿童小说写作叙事方式和历史观念受到复杂多元文化的影响,逐渐颠覆典型环境典型人物、再现真实历史的经典现实主义要素,对战争的重构和诠释中呈现"在某种意义上,具有'后寓言'的性质,或者说,它具有'后历史叙事'的特征。"[1] 置于全球化语境中的"后历史叙事"进行着多重结构性转化,以重建历史为基本诉求,坚持真实历史和人文关怀的双重维度,强调大历史下个人生存状态的体验,人类价值选择更为开明和自由,呈现富有历史感的民族主义特征。面对抗日战争这一段终结的历史,中国儿童文学在语言风格、行文结构、叙述视角等方面呼唤全新有机的解读路径来重启抗日战争之景象。

对战争境况开启细腻、丰富、具象的追寻,将以一种高尚的文化责任感溯回英雄灵魂的故乡,以小我见证大我、关联过去与当下。无论是在经典抗战儿童小说中描叙小英雄危急关头的机智举动,还是在新世纪抗战儿童小说中定格普通少年能量爆发,童年野蛮生长、无拘无束的行动力和生命力撕破战争黑色封锁张扬起别样精神风貌,抗日题材儿童小说以一种强大正向的气质成为中国儿童小说艺术谱系中的特殊向标。

一、革命祛魅:"文艺观、儿童观、历史观"重建

"祛魅"一词最初由社会学家马克斯·韦伯提出,指涉对于神秘性、神圣性、魅惑性的消解。这一概念移用在文学文化上,即"统治文学活动的那种统一的或高度霸权性质的权威和神圣性的解体"[2]。中国当代文学

的第一次祛魅发生在二十世纪八十年代,由思想先锋的精英知识分子发起,所祛的是"革命文学"之"魅",这是"新时期文学获得自身合法性的基本前提和基本策略"[3]。中国儿童文学作为现当代文学的组成部分,伴随着此次祛魅的历史进程,文学创作环境日益松弛,文艺观不断重建,儿童观与时俱进,历史观迫近真实,逐渐在掌握和辨析独立话语权利中明确了自身现代范式的构建。

(一)文艺观:"规约"到"自主"

抗战题材儿童小说的诞生与历史进程同步,自1931年日本入侵东北,抗战题材儿童小说便应运而生。据现有资料记载,最早涉足这一领域创作的是陈伯吹,他在1933年出版了《华家的儿子》和《火线上的孩子们》。"配合'一切革命的斗争'是中国儿童文学在30年代的特定历史条件下对自身价值功能的一次重大选择与必然走向,同时也成了以后长时期内中国儿童文学的中心主题和第一重要的审美价值尺度。"[4]1937年抗日战争全面爆发后,中国儿童文学被视为抗战宣传的有力工具,鸣响朝日本帝国主义侵略开炮的冲锋号角。值此民族存亡关键期,中国共产党的文艺政策为抗战题材小说的创作指明方向,即"在儿童们纯洁稚嫩的脑子里,栽下共产主义的种子,为'少年'培养未来的同志"[5],其成为对广大少年儿童进行爱国主义、革命主义教育的生动教材。抗日战争时期,抗战题材儿童小说迎来第一波热潮,丁玲的《一颗未出膛的枪弹》、萧红的《孩子的讲演》、周而复的《小英雄——晋察冀童话》等相继面世,其中华山的《鸡毛信》、峻青的《小侦查员》、管桦的《雨来没有死》则代表了此次热潮的最高峰。

1942年毛泽东发表了著名的《在延安文艺座谈会上的讲话》,文艺为政治服务成为全国革命文艺工作者所拥护的基本方针。这一时期的作者都曾是"近距离"观察和接触过抗日战争的亲历者和目击者,英雄战斗和成长故事成为歌颂和纪念反法西斯战争胜利的表现内容。作品呈现昂扬向上、崇尚光荣的审美趣味,符合新中国成立初期之于培育"祖国花朵""革命接班人"的政治期待,爱国主义、理想主义、集体主义成为唱响时代之歌的主旋律。"十七年"叙事方略延续到了政治主张在文艺领域最为强烈的二十世纪七十年代,抗战题材因对英雄乐观献身主义的放大、对敌我矛盾描绘的绝对而前所未有地形成对国民的感召力,完成着对民族文化统一性的叙事和建构。

在二十世纪八九十年代,中国政治、经济和思想上迎来"破冰"时期,以"解放思想"为纲的文艺观激活中国当代文学,祛除政治对于文学发展的规约之魅,彰显文学自主独立的价值追求受到重视,反崇高、反宏大、关注个体的声音成为文艺"祛魅"的特征。倾泻而出的表达欲望冲击着保守的文学市场观念,中国文学与世界文学日益频繁的碰撞交流开始催生一些新思想、新观念、新方法。当代中国文学告别了革命文艺框架下僵化、一元的格局,开创了自主、多元的发展前景。儿童文学作家旗帜林立,儿童文学作品表现领域更为宽泛开放,抗战题材进入沉寂期。进入新世纪后,儿童文学作家多在文体实验和叙事革新中完成超越,自觉靠拢精神含量极高的红色命题创作。"2009 年,中华人民共和国成立 60 周年之际,长篇抗战题材儿童小说开始全面复归"[6],抗战题材儿童小说引发全国性的出版热潮。目前有影响力的作品已达六十余部,数量不在少数。而多部作品的质量上佳,如薛涛的《满山打鬼子》、曹文轩的《火印》、史雷的《将军胡同》、许敏球的《1937 少年的征途》、李东华《少年的荣耀》、刘海栖《风雷顶》和黄蓓佳的《野蜂飞舞》等相继荣获各类儿童文学奖项。

(二)儿童观:"教育"到"本位"

发轫于"五四"新文学时期的中国现代儿童文学在亦步亦趋追随西方脚步后终于迎来了具有主体性的崭新时代,周作人扛鼎中国儿童文学理论建设,创设性提出"儿童本位"思想。他在启蒙名篇《儿童的文学》中写道:"近年才知道,儿童在心理生理上,虽然和大人有点不同,但他仍是完全的个人,有他自己的内外两面生活。"[7]其深刻超前的儿童观成为一代儿童文学理论家的共识性认知。然而,周作人播撒的"儿童本位"火种并未燎原,在中国儿童文学迈向现代化的徘徊前行进程中,渐渐汇入"文以载道""经世救国"的历史洪流,走上一条遵循现实主义传统的工具论老路。正如专家所言,"儿童本位"的现代性"在不适合它生长的中国的社会现代化缺席和缓慢前行的历史时期里,它注定要被搁置起来,而一旦中国的社会现代化加速时,它将重新焕发活力,并再次成为中国儿童的根基"[8],这种美好初衷直到时代车轮驶入新时期后始得实现。

在"七七"事变之后,国家兴亡的主题前所未有地将国统区、解放区和沦陷区的中国儿童文学作家聚合,他们风格表现出空前一致,不约而同地塑造了坚强勇毅、机敏过人的小英雄形象。这些"战争中的儿童"被寄予了诸多美好品格,是在特定环境中破雪踏浪而来的"新人"形象。面对非常态的战争生活所创作的文学作品颇具教育色彩,响应时代召唤制造新的斗士和新的民族性格以鼓舞下一代觉醒士气,"呈现出一种少有的昂扬激奋气氛与慷慨悲壮的英雄主义色彩"[9]。

新中国成立初期,在儿童文学理论界占主导地位的儿童观是"教育工具"论,承担着培养青少年重任的儿童文学"成了学校教育观念的传声筒"[10],学习、纪律等具有教训意味的观念出现在作品中。比如,严文井的《小花公鸡》教导儿童专心上课,金近的《小猫钓鱼》告诫儿童不能贪玩。可喜的是,一些具有时代特色和艺术深度的作品仍在平平之象中脱颖而出,甚至有一些因刻画了栩栩如生的经典形象成为抗战儿童文学史上的常青树,比如徐光耀的《小兵张嘎》、胡奇的《小马枪》、郭墟的《杨司令的少年队》、王愿坚的《小游击队员》、杨朔的《雪花飘飘》、任大星的《野妹子》。在这一时期的文学观念中,"塑造形象,便等于刻画性格。即使在成人文学创作中,'内宇宙'也并未得到真正的认识和开发,内心世界的丰富矿藏被湮没在外部行为现象的描写中。然而对儿童文学来说,刻画鲜明可感的人物性格,却带来了更多的成功的机会"[11],因此小兵张嘎、小荣、大虎等形象虽未对内心能量展开深入探寻,但因其人物形象塑造机敏勇敢、出色积极,成为具有启示意义的经典角色。

进入二十世纪七八十年代,"新时期儿童文学基本上完成了对教育工具主义这一旧儿童文学观的否定和超越"[12],中国儿童文学祛除僵化说教功能之魅,转向尊崇儿童心灵意愿的本位观,呈现欢乐、幽默、游戏等创作特征。但这一时期的抗战题材儿童小说因集体创作视野和兴趣的转移而边缘化,风格仍显旧式,陈模的《奇花》、王一地的《少年爆炸队》、颜一烟的《盐丁儿》和严阵的《荒漠奇踪》是其中翘楚。经历近三十年的沉寂,伴随着"儿童本位"儿童观逐渐确立,抗战题材儿童小说在新世纪获得陈述自由，迎来柳暗花明的第三波热潮。"70后"李东华的《少年的荣耀》、史雷的《将军胡同》、薛涛的"满山少年"系列，"80后"赖尔的《我和爷爷是战友》、左昡的《纸飞机》、张忠诚的"东北抗联三部曲"等作品为这一命题注入诠释活力，以"小我"折射整个民族、整个社会的"大局"成为这一波中国儿童文学作家努力所在。他们尊崇"儿童本位"论，破除教训论桎梏，侧重于发掘人性幽微和还原生命状态，以细腻反思与深刻想象走入历史现场，力图呈现抗日战争语境下复杂多维和真实鲜活的儿童生存图景。

（三）历史观："遮蔽"到"复原"

抗战题材儿童小说在类型上属于儿童历史小说。"给儿童的历史小说是对和现代不同的某一时代、某一时期的生活进行重新建构的作品。它将选取的时代（时期）的精神、氛围、情感进行写实式地再现，以使读者像真的亲身经历了一样。它是运用想象力，再造逼真的生活。"[13]抗战题材儿童小说平衡历史和文学的微妙关系，在真实历史框架下营造生机盎然的虚构生活，打通人类百年体验的情感联结，阅读主体在共鸣主人公成长心路历程的同时获得自身"内宇宙"激情顿悟，洞察世间本质和人性奥妙。

中国儿童文学作为"五四"新文学运动的有机组成部分，自萌蘖之日起，即与围绕革命、民主、战争、启蒙行进的百年中国社会进程有着密不可分、休戚相关的联系，保持着对现实生活近距离观察、体悟和阐释。从抗战年代到二十世纪六七十年代，中国儿童文学展开对这一民族性、政治性乃至国家性历史议题的关注和介入。亲历过战争或从战争年代成长起来的作家，仇日、抗日情绪饱满真挚，叙述风格朴实无华，投射在艺术作品上一定程度上还原战争历史的真实可信度，《小英雄雨来》等一批情节曲折生动、英雄气势如虹的小说，便是印证革命的、浪漫的现实主义佳作。需要注意的是，虚构的抗战儿童小说曾服务于国家民族的战斗意志，这种在宏大叙事下观念先行的小说是被规范的作品。正如洪子诚先生所言："在文学史研究中，总会发生一部分'事实'被不断发掘，同时另一部分'事实'被不断掩埋的情形。历史的'真实'，是处在一个不断彰显、遮蔽、变易的运动之中。"[14]因此这些基建于革命史实上力图展现"真实"侧面的儿童小说具有相当程度的"不真实"性,比如英雄形象的无所不能,徐光耀的《小兵张嘎》和颜一烟的《小马倌与"大皮靴"叔叔》主人公总是有如神助、出其不意;严阵的《荒漠奇踪》主人公小红军历经险阻与大部队顺利会师,期间展现了与年龄不符的高度政治觉悟。再比如负面人物脸谱化,清一色奇丑无比,管桦的《小英雄雨来》日本人和特务都满口金牙,头发油光光;徐光耀的《小兵张嘎》日本人"巴斗脑袋,蛤蟆眼,一小撮黑胡";华山的《鸡毛信》日本人蒜头鼻,留着小撮胡子,嘴里呲着大金牙。

进入新世纪,"70后""80后"作家集体涌现,开始尝试"远距离"观察、反思抗日战争,他们对历史客观性的严肃态度祛除宏大历史叙事中"夸张""被遗忘"及"片面"的魅惑,以一种"理性精神"迫近历史和人性的深处。文艺政策的宽松、新历史主义和人道主义理论的引入、儿童观的进步等如一缕春风唤醒抗战题材小说的复苏,出现一批与战争时期、建国"前十七年"在形式、内容和表达上迥然有异,审美和立意上有所突破的作品,带给读者耳目一新的阅读体验。时隔半个多世纪,出生在太平盛世的作者该如何写出"真实"的战争?通过查阅大量史实资料和第一手背景调查,在符合战争逻辑基础上发挥合理的想象力和创造力,作者复原某一类原型人物的事迹、想法、性格等,搭建贴近原貌、逼真立体、涵盖衣食住行的生活场景,构造出大人物和小人物、英雄和平民共存的时空,于历史的缝隙中生发求取生动鲜活之处。

二、人性归真:日常多维和地域本色

文学即人学,文学在广义上涉及社会、历史、思想等领域范畴,但其最核心、最迫切的症结在于解决"人"和"人性"的问题。抗战题材儿童小说创作归根结底目的有二:一是还原和回望抗日战争情境下人民生活样态,考察战时"人"的命运和"人性"归途,探索国人尤其是觉醒奋斗者的精神旅途和特有精神特质;二是以史为鉴、激励后人,提振新一代华夏子孙的精气神,赋予如何做一个更好的"人"诸多思考。在二十世纪八十年代以前,抗战题材儿童小说中的"人"是作为一个总体的、普遍的形象存在,主人公的全部生活意义和思想情绪围绕战斗展开。新世纪以来,在动向生成的与历史、文化、政治层面的关契中，文学的丰富性和生活的细部点被打开和放大，以聚焦日常多维和凸显地域本色为表征，隐微的人性回归到具体的生命体验中，以真实可感的热度照亮了战时历史现场。

（一）聚焦日常多维

相较于二十世纪四十年代到七八十年代国家议题与革命任务规范下以慷慨激昂战斗情绪为主的单向叙事，新世纪抗战题材儿童小说开始潜入历史地表内核，审视、把握被战地硝烟裹挟的大多数普通老百姓生存状态和人格精神，因此文本呈现出丰富、普遍、复杂情绪为表征的多维叙事倾向，达到了艺术真实与历史真实的审美统一。

"战前"日常生活的细碎繁复在叙述者极尽祥和平稳的语调中缓缓道来，汇织成岁月静好、牧歌田园的人世间图景。许敏球的《1937少年的征途》中主人公洛桐和秋芷本生活在两个幸福的家庭里，两人曾结伴夜游秦淮河，南京城的繁华喧闹随着小船的行进渐入眼底："河上悠悠地驶过一艘又一艘小船，河边的亭台上、树下、门前都坐满了人，下棋、喝茶、拉琴、逗鸟、聊天……"华灯初上，行人如织，车马川流，桨声灯影。1937年的南京大屠杀让原本的生活戛然而止，洛桐成为孤儿，秋芷踏上寻亲之路。

战时日常生活是抗日题材儿童小说着墨最多之处。炮火撕裂岁月布景，成为儿童身心裂变成长的关键节点。比"死"更重要的是"活"，杀戮、仇恨无可规避，每个中国的普通孩子承载着苦痛伤痕在战时生活中完成着自己的突破和反抗。

左昡的《纸飞机》以小女孩金兰第一视角进入重庆人民的日常生活。在阳光明媚的春天，金兰在珊瑚坝放风筝，去中央公园参加游园会，陪伴姥姥去江口卖茶，日子惬意温馨。1939年"五三""五四"大轰炸将金兰瞬间推入地狱，国难当头、山河凋零，而重庆人却从极致苦难中找到生活的点滴珍趣：金兰每每从防空洞出来，曙光巷都是一片火海，回到家中，碎了一地的东西，只有酒和泡菜"逃过一劫"。爸爸扬高声调说："有酒有泡菜，这日子就倒不了。"邻居们用竹筋、泥土和稻草帮着捆绑房子搭起来，把散落在地上尚且能用的东西收拾起来，也许只是破鞋烂衣、缺口碗筷，或是几块红苕、一瓦清水，大家却有着闲淡自持的心情："我们也去江边，泡个脚再说！""江边去摆龙门阵！"当用淤泥砌了临时灶台，火锅辣椒、花椒的香味随着风传得老远，金兰望着眼前滚滚长江水，心里被一种"又空又满"的感觉充斥着。在"空"和"满"极具张力的拉扯中，以金兰为代表的普通重庆人心境跃然纸上，他们面对不计其数的失去，痛彻心扉过，悲凉失意过，可生活车轮仍在继续滚动，他们至情至性，蔑视灾祸，怜惜眼前，始终骄傲、始终明亮，拥有不输的信念和充沛的希望。毛云尔的《走出野人山》另辟蹊径，关注了中国远征军败走缅甸野人山的"日常生活"，在短短几个月极端严酷的生存考验中，尝遍魔鬼丛林设下的重重陷阱，野兽横行，瘴气弥漫，果蔬有毒，精疲力竭，队友死绝，小虾米在巨大的惊恐中最终完成"向死而生"的艰难跋涉。而黄蓓佳的《野蜂飞舞》和史雷的《将军胡同》为儿童开辟一方相对宁静的乐土，"将军胡同"和"榴园"暂时阻隔了战火的侵扰，保存了童心世界享受的快乐记忆。谷应的《谢谢青木关》则逃离凶险残酷的战争现场，以疗愈少年心灵的优美清静之地青木关建立一个难得的诗美世界。

新世纪儿童小说在日常生活的对比观照氛围中制造断崖式落差感，从而使得战争残酷和人性隐秘被无穷放大，显示出现实主义文学极强的渗透性和指向力。尤其是战前和战时两种生活图景的平叙和对照，促使我们对非正义暴力侵略的极致厌恶，在认知战争中的人日常生活的本真含义中体味刻骨铭心的儿童经验。

（二）凸显地域本色

抗日战争是一场全国、全民、全面的抗战，战争年代及新中国成立初期，作者们将重心放于人物和情节设置中，易淡化甚至模糊化地域环境，落入将激昂主题塞入概念化套壳的窠臼。新世纪抗战题材儿童小说作家多为土生土长的当地作家，他们对于故乡生活经验和风物描写驾轻就熟，原汁原味的俚语、风俗和心理贴近地域本色。

"九一八"事变是日本侵华的起始性事件。整整十四年的抗战历程在东北大地上留下了最为艰辛坎坷、悲惨屈辱的一页。故土沦陷，东北人民纷纷流亡关内，饱受漂泊之苦。在鲁迅为东北作家萧军小说《八月的乡村》所作序言中提出："距东北最近的京津一带的部分民众，对来自东北的流亡百姓存在一定的拒斥，不愿意租房子给这些'亡省奴'。"[15]苦难深重的黑土地虽缄默不语，东北作家却在开掘地域史料中找到了无限言说的空间。薛涛、萧显志、张忠诚高举抗联大纛，赓续抗战时期萧军、萧红、端木蕻良、罗烽等作家创造的左翼文学传统，相继推出《满山打鬼子》《天火》《龙眼传》等抗战儿童小说，真诚质朴、角度新异，塑造的满山、黄毛、龙眼等儿童形象血性勇毅，是铁骨铮铮东北好男儿的代表，且语言洗练如水、环境描写大气粗放，充满浓郁鲜活的东北地域色彩，为读者呈现了东北抗战时期的历史状貌。

薛涛的《满山打鬼子》系列中的满山初登场时，只是一个住在东北小镇灌水镇、喜欢玩蝈蝈的小少年。此时，灌水镇被日本人占领，车站住进去八个日本兵。满山年纪小小，却一身正气，生平最敬佩的是东北抗联的杨靖宇司令。在这部少年小说中，杨靖宇司令充当着"父亲"的角色，他站立在少年满山面前，既构成满山的烘托和背衬，提供少年一份安全、踏实的依撑，又成为满山成长远行的精神导师，刻在骨子里属于东北人的阳刚、大义、勇毅无一不与杨将军息息相通。虽然在这段"儿童——成人"关系中，两者并无血缘关系，但少年满山最初抗日动机与最终踏上这趟英雄之旅的动因，正是来源于对东北抗联杨靖宇将军的崇拜情感。

再比如，史雷的《将军胡同》选取一条普通的北京胡同作为窥探北京战时情境的缩影，在形象塑造和艺术风格上与老舍先生的《四世同堂》有异曲同工之妙。作品童真童趣，逸味横生，饱满的生活微小消解了战火年代的硝烟气息，其中唱皮影戏、斗蛐蛐、养金鱼、熬制酸梅汤、泡茶馆、看猴戏、养猎獾等，是身为四川人的作家史雷做足了老北京人的调查工作，出具的一份可查可究的名物实录。而邵榕晗作品《狮王》选取沂蒙地区国家级非物质文化遗产"北狮"作为情感载体，在乡土情韵的抗战语境中展现百年技艺传承、守护文化根脉的艰苦抗争姿态。毛芦芦《如菊如月》则取材衢州这座城市的抗战故事，书中蓝天碧水，黛瓦青墙，稻田飘香，芦花飞舞具有十足的地域魅力，毛芦芦在仅仅两年间以本土故事为原型创作了七本抗战小说，不断输出对于革命历史的思考，为当地地域文化建设贡献力量。张品成《水巷口》中文化侵略的第一现场——海南、张吉宙《孩子剧团》中活跃在胶东大地上的儿童文艺抗战团体、蒋殊《红星杨》中山西革命老区武乡流传的五星杨故事都在真实的地域文化中生发出了贴近记忆、风俗、习惯的小说故事和人物原型，使得文学化表达更为亲切真实，颇为"接地气"。

中国式的抗战创伤经验唯有在深植地域文化传统的作家笔下才能得到真正的表达和书写，这种集体潜意识的伤痛与地域独特体验紧密相交，而中国式的抗战创伤记录和反思正是由祖国东南西北各个碎片才得以组成完整的拼图。

三、"长路漫漫"价值旨归

发生在二十世纪三四十年代的那场天地浩劫时至今日仍震撼人心。抗日战争的历史是一部华夏民族百折不挠、坚不可摧、彪炳史册的抗争史，也是一座需要源源不断汲取精神财富的文学资源宝库。在揭示童年独特经验的"中国式童年"书写中，慢溯抗战历史无疑是其路向之一。战争悲壮沉重似与轻盈纯真的儿童书写存在天然的美学悖论，这也正是抗战题材儿童小说创作的难度和力度所在。伟大时代孕育超凡精神，血火生死赋予作品主人公成长考验，少年奋起反抗、无畏牺牲的姿态诠释着爱与和平的永恒追求。在民族伤口逐渐自愈的情况下，中国文学对抗日战争不停歇的价值诘问承载着整个民族面向未来的态度，同时也是中国在国际上表达坚定立场、提升博弈力量的道义基础。当今世界的战争从未间断，对待抗日战争历史，我们应以史为鉴、居安思危，审慎严肃地内省根源，用更为翔实的资料、更为严谨的心态、更为新颖的表达将"过去的老故事"讲给今天的少年儿童，高扬民族大义旗，重振中华精气神。

百年抗战题材儿童文学为中国现当代文学人物画廊贡献了众多生动鲜活的经典儿童形象。新世纪以来的抗战题材儿童小说突破塑造英雄神话的激情话语，打破革命历史叙事的框架，在沉浸式反思历史中发掘那一种在最深刻恐惧中照亮未来的人性之光。赖尔的《我和爷爷是战友》对"穿越＋抗战"元素的破圈融合，赵华的《魔血》将科幻元素融入写实创作，而王玥含《大地歌声》中成功将中国传统戏剧穿插于战斗线索任务，都以创新的文体实验形式形成特立独行的风格，寻找打开红色历史与当代少年儿童情感互通的捷径。

　　沐浴时代新风成长的一代少年儿童，处在后现代语境下驳杂陆离的资讯中，面对那段面目逐渐模糊的抗日战争历史，极易迷失在解构经典、颠覆英雄传统的浮躁喧嚣中。"无论是战争年代的'零距离'接触，还是'十七年'期间的'近距离'观照，抑或新世纪'远距离'反思，以及2015年'烽火燎原'系列小说的集体登场"[16]，加之各个阶段时有作家不间断地努力尝试，中国儿童文学作家承担着一种神圣的使命感召唤这段历史的回归，这是为了帮助整个民族对抗遗忘，更是为了感召少年儿童汲取精神力量，培育有可能丧失的坚强勇敢、勇于承担的优秀品质，帮助中国少年儿童们扣好人生最关键的"第一粒扣子"，让孩子们热爱和平、感念当下。

　　中国儿童文学的反侵略书写是世界反战儿童文学的一部分。如《鸟儿街的岛屿》《穿条纹衣服的男孩》《安妮日记》等作品震撼人心的深度书写为中国式创伤写作带来新的灵感和考量。相较于日本战争儿童文学的宏大规模，中国儿童文学对战争问题的思考重视程度"从20世纪50年代至90年代呈逐渐滑坡的趋势，这与日本在战败后的二十年后战争儿童文学不断升温恰好形成强烈反差"[17]。世界反战儿童小说为中国抗战儿童文学提供重要艺术参照，中国文学对于战争反思和创伤关注仍有待提升。少年满山、沙良、洛桐并不同于阿莱克斯、布鲁诺所处的具体战争语境，但他们面对战争的情感和生命的含义都有一致共通的体会，"如何发现这样的意义，如何写出这份意义内在的宽恕和力量，如何使之在中国式的战争创伤中揭示出更普遍的生活和人性的精神"[18]，是中国儿童文学作家亟须处理的艺术难题，这仍是一条对人性、心灵、生命、文明等诸多方面"长路漫漫上下求索"的道路。

| 注释 |

[1] 陈晓明：《"历史终结"之后：九十年代文学虚构的危机》，《文学评论》，1999年，第
　　5期，第46页。

[2][3] 陶东风：《文学的祛魅》，《文艺争鸣》，2006年，第1期，第6页。

[4] 王泉根：《论儿童文学教育主义的来龙去脉》，《浙江师大学报》，1990年，第4期，

第 28 页。

[5] 朱利民：《1949 年前党的儿童文艺思想管窥——兼谈现代儿童文学产生的倾向性》，《文艺争鸣》，2013 年，第 11 期，第 35 页。

[6] 王欢：《新世纪抗战题材儿童小说出版热》，《中国图书评论》，2020 年，第 11 期，第 79 页。

[7] 周作人著，刘绪源编：《周作人论儿童文学》，北京：海豚出版社，2012 年版，第 122 页。

[8] 朱自强著：《朱自强学术文集 2——1908—2012 中国儿童文学与现代化进程》，南昌：二十一世纪出版社集团，2015 年版，第 177 页。

[9] 王泉根：《抗战儿童文学的时代规范与救亡主题》，《西南民族学院学报》（哲学社会科学版），1997 年，第 4 期，第 64 页。

[10] 朱自强著：《朱自强学术文集 2——1908—2012 中国儿童文学与现代化进程》，南昌：二十一世纪出版社集团，2015 年版，第 292 页。

[11] 方卫平著：《1978—2018 儿童文学发展史论》，上海：少年儿童出版社，2020 年版，第 22 页。

[12] 朱自强著：《朱自强学术文集 2——1908—2012 中国儿童文学与现代化进程》，南昌：二十一世纪出版社集团，2015 年版，第 341 页。

[13] 朱自强著：《儿童文学概论》，北京：高等教育出版社，2009 年版，第 256 页。

[14] 洪子诚著：《问题与方法：中国当代文学史研究讲稿》，北京：生活•读书•新知三联书店，2018 年版，第 34 页。

[15] 鲁迅著，鲁迅先生纪念委员会编：《鲁迅全集》第 6 卷，北京：人民文学出版社，2005 年版，第 295 页。

[16] 王泉根，崔昕平著：《新世纪中国儿童文学现场研究》，北京：中国少年儿童出版社，2019 年版，第 254 页。

[17] 朱自强著：《中外儿童文学比较论稿》，上海：少年儿童出版社，2020 年版，第 72 页。

[18] 方卫平，赵霞著：《儿童文学的中国想象——新世纪儿童文学艺术发展论》，合肥：安徽少年儿童出版社，2018 年版，第 181 页。

第三节　中国抗战题材儿童小说创作概述

2025 年是中国抗日战争胜利暨世界反法西斯胜利 80 周年。值此特殊节点，我们需将目光从和平静美的当下生活抽离，重返苦难交缠、国破家亡的抗日战争年代。从 1931 年"九一八"事变到 1945 年日本宣布无条件投降，整整十四年，神州萧条，山河凋敝，生灵涂炭，死伤及流离失所者达数千万人之多。

自 1931 年日本入侵东北，抗战题材儿童小说便应运而生。在中国抗战题材儿童小说发展进程中，抗日战争时期（1931—1945 年）、十七年（1949—1966 年）、新时期（1976—1999 年）、新世纪（2000 年至今）四个时期内都形成了创作热潮。

一、抗日战争时期（1931—1945 年）

抗战救亡题材儿童文学在二十世纪三十年代即已出现。据现有资料记载，最早涉足这一领域创作的是陈伯吹，他在 1933 年出版了中篇儿童小说《华家的儿子》和《火线上的孩子们》是战斗性极强的作品，故事中的儿童华儿、桂儿、川儿、苏儿经历了懒惰、觉悟到奋斗、革命的历程，通过这些孩子们身上勇敢不屈的爱国品质唤醒全国少年儿童斗争意志，成为"誓以全力反抗压迫我们的敌人直到他们埋葬在他们自己掘着的坟墓中为止"顶天立地的小英雄。茅盾在 1936 年发表的《大鼻子的故事》《少年印刷工》《儿子开会去了》以及舒群的《没有祖国的孩子》都是以抗战为背景创作的重要儿童小说。

抗日战争全面爆发后，日寇肆虐、遍地炮火，中国儿童文学一度沉寂萧瑟。结合这个年代星散的抗战力量，重庆大后方、"孤岛"上海沦陷区和延安根据地形成了三足鼎立的抗战儿童文学新格局，都有直面现实、昂扬斗志的精彩小说面世。中国儿童文学作家笔锋一致对外，共同讴歌小英雄和青年力量,痛陈战争的残暴与无情。

重庆大后方抗战儿童小说是抗战儿童文学的重要组成部分。萧红在1938年发表儿童小说《孩子的讲演》,这是作家以在山西临汾的所见所闻为素材创作,文章仅4000余字,却通过儿童之口生动地表达了抗战必胜的决心。战地服务团的一个九岁孩子王根本在台下坐着吃零食,却突然被叫上去讲演。王根磕磕巴巴地讲着自己的抗日初衷,他无法辨别台下的笑声和掌声是鼓励还是轻蔑,只感到自己搞砸了演讲,以至于在睡梦中那种挫败感都萦绕不去。王根柔软敏感的内心经历粗糙现实的磨砺,他似乎在一夜间得到了成长。文中儿童那渴望为国献身的心灵动荡很是朴素感人。司马文森在1939年发表的《吹号手》中少年号手小卢成长为一名扛枪列兵的事迹可信可感,可以看作战时普通青年的缩影。

与重庆大后方儿童文学、延安根据地儿童文学相比,"孤岛"上海沦陷区为主的儿童文学面对极其恶劣外部环境,克服困难顽强生存。在1941年12月后,随着太平洋战争爆发,日军进驻租界,上海沦陷,少年出版社的工作基本中断。贺宜、包蕾、苏苏等作家写了不少抗战儿童文学作品,经少年出版社出版后,通过地下党等多种渠道发行,其中贺宜的《野小鬼》、苏苏的《小癞痢》是两部最为出名的抗战儿童小说。贺宜的《野小鬼》以1937年日军侵略杭州为背景,描写了战时饿殍遍野、死伤无数的惨烈景象,主人公小土根便是一个失去父母庇佑的流浪儿。苏苏的《小癞痢》背景是日军进攻江西,主人公同样是一个流浪儿,名叫小癞痢,故事因描写了更多抗日小英雄的身影,较《野小鬼》更富战斗性。小土根和小癞痢是当时日军铁骑践踏下无数沦落街头、失去家园、挣扎在生命边缘线上的儿童缩影,他们被迫走上前线抗战的身姿英勇无畏,脸庞上洋溢着慷慨激昂的革命激情。

相较于重庆大后方国统区与"孤岛"上海沦陷区,延安根据地的抗战题材儿童小说硕果累累,数量更为壮观。经延安红色革命土壤的浸润,毛泽东文艺思想指导和陕北民间文艺传统影响,延安根据地的作品呈现明显高昂轻快格调,带有明显的左翼政治倾向和鲜明抗战激情。丁玲在1936年来到延安大后方,创作路径随之产生变化,于1937年4月发表了儿童短篇小说《一颗未出膛的枪弹》。小说中的主人公是年仅13岁的红军小战士,因空袭与队伍走散被农村老妇收留,他不失时机地向群众宣传抗日。东北军来到村庄发现了小战士要将他枪毙,小战士却请求连长用刺刀,省下的那颗子弹可以去打日本鬼子。这番话打动了连长,他的枪弹没有出膛。小战士视死如归的抗战信念、故事情节的扣人心弦给读者留下深刻印象。

此外,秦兆阳的《小英雄黑旦子》、周而复的《小英雄——晋察冀童话》、柯蓝的《一只胳臂的孩子》、胡海的《侯疙瘩和他的少先队》、胡朋的《栓柱》、刘克的《太行山孩子们的故事》、苏冬的《儿童团小故事》、罗丹的《信件》、董均伦的《村童》、王玉湖的《英雄小八路》、韩作黎的《一支少年军》等都属于延安根据地在抗战思潮下产生的儿童小说,其中影响最为广泛深远的当数华山的《鸡毛信》、峻青的《小侦察员》、管桦的《雨来没有死》。这些儿童小说的主人公均生活在抗日根据地,他们机智勇敢、不畏牺牲,是敢于同敌人血战到底的小英雄形象,对根据地和解放区的儿童起到了鼓舞激励的作用。

华山的《鸡毛信》是其为数不多的作品中成绩突出的一部。《鸡毛信》的小主人公是龙门村的儿童团长海娃,小说讲述了海娃受命去给八路军送一封重要的鸡毛信,途中遭遇了进山抢粮的鬼子兵并沉着应对,最终顺利完成任务的故事。鸡毛信是故事推动的重要线索,从海娃藏信在绵羊尾巴后——路遇鬼子杀羊饱腹——丢失鸡毛信——寻找鸡毛信——逃离敌人——被敌人发现再次带路——走小路甩了敌人等情节环环相扣、一波三折、惊心动魄。海娃的小英雄形象栩栩如生、惹人喜爱。面对敌人的搜查盘问,他扮作一个顽皮无知的乡间小童,以哭声卸下日寇的防备;看见日军隔着山头挥着白旗时,他急中生智挥舞起自己的白褂子;面对再次被敌人抓住的情况,他镇定自若地将他们引到一条羊肠小路,海娃既是喜欢冒险、幼稚冒失的儿童,更是一个大胆机敏、随机应变、具有战斗经验的小英雄。乐观勇敢的海娃之后登上连环画报、电影,成为家喻户晓、令人敬佩的小英雄典型。

峻青的《小侦察员》和管桦的《雨来没有死》同样塑造抗日小英雄的光荣人生,但情节不像华山的《鸡毛信》连贯缜密,而是选取生活横截面的几个代表性事例演绎小英雄的成长。《小侦察员》中的小英雄信子是个不起眼的光腚男娃,他蹦蹦跳跳地满街跑跳,无人在意,悄悄地将敌人岗哨和枪支信息传递给八路军队伍,帮助我军夜袭成功,甚至将毒药洒到了鬼子的面里,一举杀敌。小英雄雨来是读者熟知的抗日小英雄形象之一,作者管桦看到千万抗日儿童团里小战士们以赢弱身躯驱敌的事迹感慨不已,将此与自己少年经历结合,于1948年在《晋察冀日报》上发表了短篇小说《雨来没有死》。小说发表后,活泼可爱的雨来受到读者一致好评,管桦在此基础上于1953年创作了中篇小说《小英雄雨来》,小英雄雨来的形象进一步得到充实和丰满。芦苇花、红缨枪、像个小泥鳅一样识水性的雨来,《雨来没有死》开篇描写将读者带往晋察冀乡河岸边。在短短篇幅中,雨来学习、保护侦查员、潜入河中逃脱等小片段连贯紧凑,一个保家卫国、勇于斗争的小英雄脱颖而出,尤其是文中雨来冒雨夜校学习一节,那几行字"我们是中国人,我们爱自己的祖国"体现的爱国主义精神激荡人心。《小英雄雨来》则续写了雨来落水逃脱后,将日寇引入地雷战、与小伙伴们放哨侦察、为党组织送鸡毛信等与敌人周旋、对抗的故事,从此,"自古英雄出少年"的雨来成为影响几代中国少年儿童的英雄标杆。

抗日战争时期,抗战题材儿童小说通过少年英雄的革命叙事,构建个体命运与民族救亡的互文关系,形成宏大的史诗化表达。其中不少作品因其独特的人物描写与叙事格调构建了中国儿童文学新的精神谱系,为儿童小说创作指明新的经验和新的发展方向,成为永不褪色、永为流传的红色经典。

二、十七年(1949—1966年)

抗战题材儿童小说创作第二波热潮出现于新中国成立后的"十七年"。党和国家强调对少年儿童进行革命传统教育和阶级教育,描写刚过去十几年的那场惊天地泣鬼神的战争作品颇受鼓励和支持,如儿童文学重要阵地《少年文艺》《儿童文学》创刊后,曾推出大量抗日题材的儿童作品。

一大批老作家对于抗战题材的素材选择信手拈来,响应党和国家的号召,多以己身经验为灵感之源创作。这一时期的抗战题材儿童作品根据内容偏重可分为两类：一类是延续抗战时期的文艺创作，正面或侧面描写抗日战争和斗争；另一类则是表现战争时期人民受尽欺辱与迫害的生活。

前一类儿童小说影响较大的作品有徐光耀的《小兵张嘎》、胡奇的《小马枪》、刘真的《我和小荣》《好大娘》、郭墟的《杨司令的少年队》、周而复的《西流水的孩子们》、王愿坚的《小游击队员》、颜一烟的《小马倌和"大皮靴"叔叔》、刘知侠的《"铁道游击队"的小队员们》、任大星的《野妹子》、王传盛的《少年铁血队》、杨大群的《小矿工》、孙肖平的《我们一家人》、崔坪的《红色游击队》等。这一类型的创作量十分可观，高亢进步、振奋民心。

徐光耀的《小兵张嘎》自 1961 年发表以来多次重印，发行量达千万余册。那个嘎里嘎气、爱憎分明的八路军小英雄张嘎成为感召无数少年儿童的楷模。在故事里，小兵张嘎在日本人杀害了奶奶，抓走了八路军伤病员老忠叔后，萌生了要进城打探老忠叔的念头，最好再偷一把鬼子的枪。正巧张嘎遇到个骑自行车的怪模怪样的人，他摸出自己的木头手枪，却反被制服。幸好这个人不是敌人，而是八路军侦查员罗金保。嘎子敢想敢干、调皮倔强，颇有一腔孤勇，这一串举动真是出人意料、妙趣横生。虽然后半部分投身革命与救出老忠叔的发展落入窠臼，但嘎子性格塑造的别具一格，通篇充斥的革命乐观主义和浪漫主义仍令作品具备经典特质。1963年，北京电影制片厂将《小兵张嘎》改编成同名电影并上映，小兵张嘎成为走进千家万户的荧幕角色。

后一类作品较为出名的有杨朔的《雪花飘飘》、任大星的《挨饿的日子》、杨波的《小扇子》等。这些作品虽然也有抗日斗争内容，但文本将重点放在反映儿童生活与表现人的感情上，细致真实、苦痛悲切。

三、新时期（1976—1999 年）

从"文革"开始，中国儿童文学进入了一个相对漫长的空窗期。期间，抗战题材儿童小说偶有出版，影响却小。1972 年，李心田的《闪闪的红星》出版后火遍祖国大江南北，可以称得上是这个时期唯一出彩的抗战中篇作品。《闪闪的红星》的主人公潘冬子是红军后代,作品以第一人称叙事追忆了从1934年至新中国诞生前夕的革命生活。潘冬子在十五年间历经种种磨难与考验,从幼稚天真的苏区儿童成长为独当一面的青年战士,作品深切地赞美了军民鱼水情深,歌颂着中国共产党和人民军队的光辉历程。其中潘冬子与地主恶霸胡汉三在心理、行为和语言上的着重描写使得人物生动立体,而两人之间的矛盾冲突造成情节紧张曲折、首尾呼应,则成为少年读者津津乐道之处。

十年动乱过后,二十世纪七八十年代的中国儿童文学方兴未艾,各类理论研究和文学创作进入了复苏期。创作焦点由总结过去转移到体验现实,校园小说、青春小说、科幻小说、动物小说等创作日趋活跃,题材选择多样化和艺术形式丰富化,而抗战题材儿童小说则在这一时期进入了沉寂式微阶段,无论是创作质量还是数量都无法与其他主题的创作实绩相提并论。期间,陈模的《奇花》、王一地的《少年爆炸队》、颜一烟的《盐丁儿》、严阵的《荒漠奇踪》、哈华的《总班长和她的伙伴》、木青的《山村枪声》是其中翘楚。

全国优秀儿童文学奖是由中国作协主办的国内最高荣誉的儿童文学奖项之一。1988年4月,颜一烟的《盐丁儿》和严阵的《荒漠奇踪》荣获首届全国优秀儿童文学奖。两篇抗战题材儿童小说在红色革命题材相对遇冷时期斩获奖项,佐证了这一现实主义传统所具备的艺术成熟度和持久生命力。其中,颜一烟的《盐丁儿》是一本自传体小说,故事里的女主人公从一个没落贵族格格到一个吃饭都没有钱的穷人,她艰难地成长着,被家族所抛弃后毅然决然地奔赴延安,投身波澜壮阔的抗日战争。以往抗战题材儿童小说多以少年为主人公,而这部作品却着力刻画了一位追求平等自由、勇敢善良的少女。这位少女不屈不挠地反抗封建家族重男轻女的思想,克服了比少年更多的阻挠和障碍,成为一位有学历、有眼界、对革命抱有热忱和坚定信念的进步知识分子。她传奇的一生点亮了被损害、被苛责、被压抑的传统女性漫漫长夜,是中国抗战题材儿童小说发展的新收获。

总的来说,在新时期,颜一烟、严阵等作家创作的高水准抗战题材儿童小说算是凤毛麟角。中青年作家对抗战题材并不熟悉,还未掌握通往过去的有效艺术通道，而一些经历过战争年代的老作家，已创作出一批受欢迎的佳作，如果想在此基础上创新超越，会受到生活经历和审美表达的阈限。

四、新世纪（2000年至今）

新世纪以来，中国儿童文学逐渐形成了以现实主义精神为内核的创作主流和文学生态，与奇特瑰丽、虚幻有趣的幻想儿童文学互补互促、相得益彰，形成了多元共生的儿童文学新格局。一些作家以传承历史记忆为己任，回溯二十世纪三十年代的那场抗日战争，通过种种艺术尝试来克服时间屏障，立足儿童文学本位，以平民儿童的视角深入阐释生命与死亡、战争与生存、人性与坚守等命题内涵，再度将儿童的关注吸引至国家历史与民族精神层面，而中华民族在苦难深渊中凤凰涅槃、同仇敌忾、光耀史册的伟大精神财富将引领下一代青少年奋发前行。

2009年，毛芦芦以江南水乡抗战为背景创作"不一样的花季"——《柳哑子》《绝响》《福官》三部曲。同年，殷健灵出版以上海"孤岛"为背景创作的《1937·少年夏之秋》，关注少年在特殊年代的成长阵痛。自此，新世纪抗战题材儿童小说拉开了创作序幕。2010年，童喜喜以南京大屠杀为背景创作童话体小说《影之翼》、赖尔以皖南新四军抗战为背景创作穿越体小说《我和爷爷是战友》。《我和爷爷是战友》出版后荣获多项奖项，开创了"穿越网文与抗战主题"相结合的新范式。小说中的两位主人公李扬帆和林晓哲是二十一世纪高中生，他们正处于解构经典、颠覆英雄的"后现代"语境中，理想信念缺失、价值观念失范。故事构思巧妙，让两位对战争"不屑"的少年穿越到抗日战争年代的新四军队伍中，与年轻的士兵终日相对、同生共死，他们从惦记高考内容、只想回家"逃跑"格格不入的行为逐渐转化为关爱战友、志同道合、并肩作战的态度。在赖尔搭建的栩栩如生的文学世界中，读者跟随着两位主人公见证了战争的惨烈、敌人的残暴、牺牲的悲壮，当主人公李扬帆身上生长出新的精神品质，爱国主义和革命乐观主义前所未有地被激发时，我们的世界观、人生观、道德观似乎也随之受到一次洗礼和重构。

2012 年，多产作家黄蓓佳推出献给中国儿童的史诗性作品 "5 个 8 岁系列"，其中《白棉花》选取抗战年代的时间节点复活了少年克俭的鲜活人生。2013 年初，安徽少年儿童出版社出版 "红色中国" 系列丛书，《麻雀打鬼子》《偷剧本的学徒》《风雨金牛村》《拯救折翼飞鸟》等切中抗战主旨，这是抗日题材儿童小说首次以系列形式面世，记录中国共产党和中国人民在抗日战争中所付出的巨大努力和不朽岁月。2014 年，李东华的《少年的荣耀》出版，在当年获中宣部第十三届精神文明建设 "五个一工程" 奖、山西省第十一届精神文明建设 "五个一工程" 特别奖等。书中每一位少年的身上都能照见一种战时人生，在对苦难的描摹和观照中，作品展现出抗日战争时期中国少年的珍贵信念与澎湃担当。作品反响极佳，受到少年儿童的喜爱。

2015 年恰逢中国抗日战争暨世界反法西斯战争胜利七十周年。"烽火燎原原创少年小说" 历经一年的调研、锻造和打磨适时推出，赵华的《魔血》、毛芦芦的《如菊如月》、肖显志的《天火》、毛云尔的《走出野人山》、汪玥含的《大地歌声》、张品成的《水巷口》、王巨成的《看你们往哪里跑》和牧铃的《少年战俘营》一同亮相出版市场。这些作品在题材内容、人物形象、叙事形式、艺术表现等方面展开了新的探索与突破。同年，首位获得国际安徒生儿童文学奖的中国作家曹文轩推出独具匠心的作品《火印》，以对人与人之间、人与动物之间至美情感的赞咏转向对人间大爱、人道主义的颂扬，拓展了中国儿童抗战题材儿童小说思想边界。史雷的《将军胡同》以其卓尔不群的风姿风骨伫立多部主旋律作品中，斩获第一届 "青铜葵花儿童小说奖" 之最高奖 "青铜奖" 桂冠。《将军胡同》将对历史的理解和感悟放置在地域视角下得到了新的补充和揭示。小说画面徐徐展开，皮影戏、斗蛐蛐、养金鱼、熬制酸梅汤、泡茶馆、看猴戏、养猎獾一幅幅充满烟火气的老北京日常生活图景跃然纸上。作品中将主人公图将军塑造得立体突出，十分亮点。图将军是一个没落的满族贵族，他挥霍无度、散尽家财，靠典当和变卖家产度日。然而这个看似纨绔的子弟，却有着满腔爱国之情，这一反差使得人物非但不可憎可恶反而可爱可亲。作为斗蛐蛐 "资深" 玩家，图将军凭借这一玩世不恭的爱好斗赢了汉奸。本质上，这场斗争是爱国者与叛国者关于正义和非正义的较量。蛐蛐铁弹子虽然瘦小胆怯却能反败为胜，其不屈不挠的气节正是图将军身上大义凛然的精神象征。图将军死得壮烈，他徒手摔死了日本便衣，保护了被日本人追捕的地下党，以普通而伟大的行径完成了蓄谋已久的抗日壮举。整部作品语言细腻、情节饱满，扎实有趣而深刻真实，谱写了一首北京胡同里的爱国序曲，是新世纪抗战题材儿童文学作品中不可多得的诚意之作。

新世纪以来，中国抗战题材儿童小说百花复苏、竞相盛放。主要作家作品有薛涛出版的致敬东北抗日联军著名民族英雄杨靖宇的"满山"系列，《满山打鬼子》（2009 年）、《情报鸽子》（2013）和《第三颗子弹》（2017 年），青年作家张忠诚推出的"东北抗联三部曲"《柿子地》《龙眼传》《土炮》及《谁在林中歌唱》，常新港的《寒风暖鸽》，王苗的《雪落北平》，谷应的《谢谢青木关》，曹文轩的《火印》，刘海栖的《风雷顶》，孟宪明的《三十六声枪响》，宋安娜的《泥土里的想念》，曾有情的《少爷从军》，黄蓓佳的《野蜂飞舞》，张吉宙的《孩子剧团》，李秋沅的《木棉·流年》，蒋殊的《红星杨》，刘耀辉的《秋月高高照长城》，左昡的《纸飞机》，杨筱艳的《荆棘丛中的微笑：小丛》，许敏球的《1937 少年的征途》，赖尔的《女兵安妮》、邵榕晗的《狮王》，伍剑的《邬家大巷》，栗亮的《渡江少年》，许诺晨的《小英雄雷鸣》《小英雄朱元宝》《小英雄鲁小花》，简平的《地底下的魔术小天团》等。

这一时期的中国儿童文学中老年实力派与中青年进取派齐心协力，试图从抗日战争这一宝贵的文学资源中提炼出激励当代青少年精神成长的钙质与动力，创造了蔚为大观的出版热潮。不少作家关注传统文化精粹与抗战题材的融合，比如《偷剧本的学徒》《大地歌声》和《狮王》，以黄梅戏曲、淮剧和舞狮为切入点，完成对中华文化的传承与守护。《柿子地》和《水巷口》则将枪口瞄准日寇用心险恶的文化侵略政策，讲述少年精神觉醒和奋起抵抗的故事。

一大部分作家尝试立足于地域经验，倾力书写故乡的人事风物，铸就地域文学与本土文化的现实品格。比如，"满山"系列和"东北抗联三部曲"以东北抗日历史为描写对象，在宏大历史长河中打捞东北抗联历史和百姓生活内容，展开关于东北"寻根式"的追述。这些抗日题材儿童小说弥漫着东北文学独有的粗犷而强烈的气息，那片神奇的黑土地上广袤的景观和铁血宏伟的抗战事迹奇妙交融成"东北"书写的异质性。再如，新作《地底下的魔术小天团》以浓郁充足的海派文化与艰苦卓绝的抗战生活共同建构地域精神场域，《红星杨》则讲述了一个有关山西太行山革命老区红色五星杨的神奇故事。《木棉·流年》中象征革命勇士的红硕木棉花、《野蜂飞舞》中黄橙子快意童年的华西坝风景、《雪落北平》中承载人民文化抗战信念的国立北平图书馆、《1937少年的征途》中桨声灯影里的秦淮河等，都为文本增添了鲜明而独特的审美魅力。

　　新世纪抗战题材儿童小说重返历史场域，再现民族创伤苦难记忆。通过梳理，可以发现须警惕和深思的两个问题。一方面，多部作品对日本人形象塑造呈现多面性和复杂性，比如《满山打鬼子》中日本女孩直子、小兵和老兵心地善良、亲切近人；《火印》中用生命守护小马驹的日本小兵稻叶；《将军胡同》中与图将军爱好相投、喜爱中国文化的老横泽等，不约而同对日本单一侵略者的形象进行颠覆，丰富着对日本普通人的文化想象，体现出超越狭隘民族观念的人道主义关怀以及对广义人性的追问反思。但必须承认的是，抗战文学在民族认同塑形中不可替代的重要性，它的应有之义是明确坚定的反战，基于史实的历史观念和历史伦理。因此，在对日本侵略战争和日本侵略者的描述上，必须坚持严肃性与客观性，抗日立场是不容置疑的。创作要谨防对侵略者"不经意"的美化与泛化的人道主义同情。

　　另一方面，多部作品存在对同一历史文化材料的整理和使用的现象，比如《白棉花》《拯救折翼飞鸟》《偷剧本的学徒》中都有救治飞虎队员的情节。《白棉花》中的"白棉花"指的是飞行员的救生伞，救助飞虎队员是全文的主题。八岁主人公克俭发现了飞机坠落后受伤的美国飞虎队员杰克。克俭的母亲用极其有限的食材精心照料杰克，中国医生和中国官员对杰克表现出爱护和关怀，而克俭在相处中与杰克缔结了异国友情，他们彼此援助、互相温暖地度过了一段时光，由此在破碎的战争中突出人性的珍贵。《拯救折翼飞鸟》和《偷剧本的学徒》中都出现了中国儿童参与救助美国飞虎队员的情节以及对他们之间跨越国界、共同御敌的友情有着细腻精巧的展露。但我们同样需要引起重视，要深挖地域丰富素材，力求新意和创造性解读，尽量避免重复和雷同。

进入新世纪后，中国抗战题材儿童小说目前有影响力的作品已出版70余部，有的作品一版再版，数量上形成不小规模。这一题材的作品再次集结掀起热潮，离不开党和国家对主流文化的引导重视。作品多部获出版资助并荣获奖项，其中仅"全国优秀儿童文学奖"连续三届有抗战题材儿童小说斩获大奖，包括《满山打鬼子》（第八届2007年—2009年）、《木棉·流年》（第九届2010年—2012年）和《将军胡同》（第十届2013年—2016年）。在主流文化对抗战题材的认可基础上，中国抗战题材作品以蓬勃之姿突出重围，在市场经济主导、价值多元化的当代文学中获得一席之位。我们热烈期盼着中国抗战题材文学写出情怀与担当，写出创意与积淀，在下一个"黄金十年"巅峰相遇！

上编

新世纪中国抗战题材儿童小说发展与作品赏析

第一章
实力派作家：探索与守成

新世纪以来，挑起文学发展重担的"50后""60后"实力派作家在抗战题材儿童小说创作上做出全新尝试，他们对于这一题材的驾驭纯熟老练，谋篇布局颇见功力。这些作家以宏大的主题格局与丰盈的人性探索重新定义新阶段战争小说的标准，交上了一部部成熟而隽永的佳作。本章以八位实力派作家的作品为代表展开分析，以期审视和判断中国抗战题材儿童小说的艺术价值与社会意义。

曹文轩的《火印》演绎生灵间的精神共振；孟宪明的《三十六声枪响》将老故事讲出新滋味，延续了小英雄主题的现实主义创作传统；刘海栖的《风雷顶》和徐鲁的《孩子剧团》都取材于胶东大地，在对既定历史史实题材的精准把握上将故事讲得生动不俗；谷应的《谢谢青木关》和刘海栖的《风雷顶》都是根据家族记忆叙写，带有明显的个人旧式风情；宋安娜的《泥土里的想念》与黄蓓佳的《野蜂飞舞》根植于地域文化，对当地的民间资源宝库进行不懈挖掘和提取，而从《白棉花》到《野蜂飞舞》，黄蓓佳对抗战题材的内容侧重于语言表达体现了其对历史的纵深研究，完成由"地域化少年成长叙事"向"史诗性历史书写"渐入佳境的叙事转型。

第一节　重塑心路抵达新路

——谷应《谢谢青木关》

抗日战争早已远去,而关于这段不堪回首历史记忆的文学书写还在延续着反思与追问。2018 年,彼时年逾八十的儿童文学作家谷应重拾战时随父母来到雾都郊外生活的童年碎片,将其构思为成熟美好、别样深刻的"雾都郊野"系列作品,《谢谢青木关》是其中之一。

《谢谢青木关》以日记体、纪实笔法,以男孩章诗宁写在 1940 年——1941 年的战时心路历程切入,满怀温情地讲述了因目睹日军轰炸、失去亲人而受到心理创伤的男孩在景美情美的青木关被疗愈的动人故事。

小说开篇以男孩诗宁"我"的视角进入。"我"正备受"它"的折磨,"它"跟随着"膏药飞机"而来,不管是晴天还是雨天,都张着血盆大口狞笑着围绕身边。"它"夺取了"我"的声音和很多人的性命,而"我"知道自己躲不过,除了吃饭睡觉就是在门口坐着发呆。"它"是谁?跟随着诗宁记忆,之后的日记为读者揭晓了答案。日军飞机连连轰炸,诗宁的家和最喜欢的留声机、风琴被战火摧毁。诗宁的爸爸章汝达是铁路首席,非常时期留守原地。诗宁的妈妈带着儿女,与其余铁路家属一道撤往昆明。一路上,大家历经狂风暴雨和断粮危机,接着有人罹患痢疾、疟疾、肺炎。最可怕的是,路过一架老木桥时,可憎的日本飞机突袭,木桥在众人的踩压下不堪重负地垮了,诗宁的妹妹师衡溺水而亡。自此,受到惊吓和承受悲痛的诗宁失去了声音和笑容。住进重庆郊区青木关的袁家沟后,妈妈领着诗宁去往歌乐山,这儿的医生诊断其患了心理创伤。疲弱的妈妈尽一切办法想让诗宁开心起来,可诗宁依旧沉浸在自己的世界中,他想念爸爸和从前的快乐。有一天,诗宁正在遭受"它"的侵扰时,袁家沟的歌声驱走了邪魅。袁家沟的人爱唱歌,只要袁家沟的山歌响起,那恶魔就像烟雾见风一样散开。但原本是学校合唱队领唱的诗宁还是无法唱歌。农娃毛鬏坚持不懈地来找诗宁玩,终于在一次观看毛鬏加入两个婆娘骂架时,诗宁笑出声了。毛鬏领着诗宁捞虾、打鸡、冰西瓜、去老街赶大场到处玩，还发现了一座音乐山上的学院。毛鬏去隔壁县学木匠，临走前交给诗宁12条蚕宝宝。毛鬏走后，"它"又来光顾诗宁了。诗宁跟着妈妈来到音乐山，自此以后每天都来石阶上坐着听琴声，奇妙美丽的琴音果然在缓缓"擦去"心中忧伤。妈妈心心念念期盼着四孃一家到来，他们的女儿贝多先来到青木关。诗宁肩负起照顾5岁贝多的任务，哪知这个女孩闹腾得根本管不住，无奈下只好将自己心爱的蚕宝宝献出来。贝多喜欢蚕宝宝，但因照料不善，先是给蚕喂食树叶使大部分被"毒"死，后是将蚕做了茧子的笸箩放在门口，不小心一脚将仅剩的一条蚕宝踩死。诗宁看到蚕宝被踩死时情不自禁大喊出声，声音回到他嗓子里。姗姗来迟的四孃一家到了，大桥姐给大家讲述了他们路上的惊险车祸，还为诗宁介绍了张自忠先生英勇杀敌牺牲在前线的事迹。在一次去歌乐山伤病医院慰劳抗日将士时，诗宁见到了张自忠将军营的伤兵麦子。麦子亲历张自忠将军以死明志的战场，精神受到严重的刺激。诗宁在为麦子唱歌时，那又宽又亮的天籁嗓子终于回来，他又能唱歌了。在感谢丁家湾姐姐救了走散的贝雷时，诗宁的歌喉惊呆了所有人……

《谢谢青木关》避开直面惨烈战争的书写，以极为难得的诗美构筑了一个远离战火的诗意"边城"。在青木关，风景是美的，野菊花开、河水流淌、云雾缭绕，甚至还有一所音乐学院，终日流出汩汩琴声；人情是美的，这里的山民热爱唱歌，村娃毛鬏耐心陪伴，四孃一家活泼有趣，亲人重逢、村妇泼辣、弟妹顽皮，渐渐融化了诗宁心中的寒冷坚冰。在唯美的"后方基地"青木关，历史的大背景成为一块帷幕，提及的坍塌桥梁和自忠将军隐隐透露战争的存在感。个体生命则成为小说叙事的焦点，敏感脆弱又坚强执着的诗宁在爱中被重塑和被治愈，中国人根植于传统美学对于生命信念的追寻和守护被发掘和被宣扬，爱与美的精神意义被巧妙而高深地传达。

音乐对心理创伤的疗愈作用不言而喻，在英国著名儿童文学作家迈克尔·莫波格的反战作品《听月亮的女孩》中，主人公梅里同诗宁的境遇有异曲同工之处。在第一次世界大战时，12岁女孩梅里在和母亲乘坐客轮去伦敦探望战争中负伤的父亲时，乘坐的客轮被德国的"U"形潜水艇击沉。梅里目睹了母亲溺亡，又在海上漂浮时无意识松开小女孩西莉亚的手，内心无法承受的愧疚与恐惧使她"失语"。后来，梅里被英国锡利群岛渔民阿尔菲一家所救，他们用无尽的包容与爱护温暖了她受伤的心灵，她终于有一天重获声音。梅里获得声音的关窍在于克罗医生送给她的一架钢琴，她从封闭内心到与人交往的突破是从听到钢琴声并哼唱音乐调子开始的。《谢谢青木关》中同样刻画了艺术疗愈的重要性，小诗宁在石阶上静静聆听琴声时思绪飞往梦幻国度，在那被抚平伤痕获得新生。暗夜总有星光，人性照亮世界。两本书都将人间大爱表现得真切感人，塑造小人物饱含深情与体温，并从中探寻接纳自我与他人的命题，将丰富的生命命题、家国命题与人生命题熔铸在小说情节中，为顿悟成长真谛的大格局和大视野提供情感通道。

《谢谢青木关》的语言调性是优美的，它采用了日记体、书信体、演讲稿、歌谣旋律等多种文类相结合的形式实现一种诗性重组。作者调动了宝贵的童年记忆资源，并通过实地走访、搜集整理资料的案头工作将其对于山城重庆的偏爱、对抗日战争带给国人的历史创伤与个人的情感体验缝合在一起，从战争的激越叙事走向战争的内在体悟，由朝向个体关怀的"小"叙事达到宏大历史书写的"大"表达，以个体之人反映民族之人、家国之人，从而完成对整个国家和民族精神气节的凝练与升华。"重塑心路，抵达新路"，通向心灵的捷径必将开启对战时少年成长非常规展现的新路，而这种个人史与民族史的碰撞融合创作倾向，正是当下中国抗战题材儿童写作在微小中挖掘历史真相的创作倾向之一，也是其走深走远亟待处理的艺术难题之一。

第二节　一匹马的使命

——曹文轩《火印》

曹文轩是扛鼎中国儿童文学的一面光辉旗帜,北京大学博雅讲席教授、儿童文学作家、学者、理论家等诸多名号等身。其古典优美的文风、乡土性的童年题材以及具有高辨识度的叙事风格,使得"曹文轩"这三个字成为中国儿童文学届乃至世界儿童文学届中一个标志性符号。2016 年,曹文轩成为首位获得国际安徒生儿童文学奖的中国作家,意味着中国儿童文学发展的黄金时代已经到来,其在国际儿童文学格局中完成验证中国实力的身份建构。

近些年,曹文轩笔耕不辍,先后出版长篇小说《火印》《蜻蜓眼》《疯狗浪》等作品,其题材选取、主题寓意、人物塑造及价值旨归等方面呈现出"走出油麻地"特征,一方面在语言的诗性雅致、情怀的悲悯大义、理想的向善向美上保持着守正,另一方面在传统中国的人文伦理思考中注入世界性内涵上体现出创新。出版于 2015 年抗战纪念七十周年的《火印》是作者第一部以战争题材为背景的儿童文学作品。本书出版后登上当月畅销书少儿类排行榜第一名,并入选中宣部和国家新闻出版广电总局纪念抗日战争胜利百种重点选题以及总局"中国文艺原创精品出版项目"。

《火印》以北方大草原为背景,通过书写一匹名叫雪儿的马和他的主人坡娃在战火中遭遇的种种磨难和洗礼,升华人与马之间诚挚深厚的情谊,谱写一首百折不挠、刻骨铭心的人性赞歌。

在一个寻常的日子,坡娃赶着羊群在太阳落山后回家。坡娃的黑狗发现了一匹正在被群狼围攻的小马驹。小马驹哀怜的眼神像在求助,坡娃克服恐惧与狼群搏斗,撑到了村里人赶到这里。小马驹从此和坡娃一家住在了野狐峪,它被取名为雪儿。雪儿身姿矫健、容色靓丽,曾有相马师断定这是一匹千里马。野狐峪是一个宁静快乐的地方,雪儿觉得自己很幸运,日子也在一天天地缓缓过去。但战争爆发了,村里时常能看到县里来逃难的人，大家变得惶恐不安。终于有一日，日军开进了野狐峪要征用这里的马匹，雪儿被拉了出去，在坡娃的喊叫、黑狗以命相搏之下它瞅中机会逃生。坡娃在后山安葬了黑狗，有灵性的雪儿找到了坡娃。坡娃和父亲在后山房子里安顿好了雪儿，而此时白日见过雪儿的日本军官河野还在对它念念不忘。河野家世代放牧养马，他深知雪儿是匹绝无仅有的好马，便下决心要抓到它训练成战马。河野摸进后山，果然从坡娃那抢走了雪儿。坡娃因悲伤过度生了一场大病，病好后和小伙伴瓜灯、草灵去县城里找寻雪儿下落。坡娃在马场找到了雪儿，并在一个年轻日本兵稻叶外出遛马时袭击了他，但带着雪儿逃跑失败被抓了起来。河野惩罚坡娃父亲服一个月的苦役，繁重的苦役压垮了父亲的身体，他回家后健康堪忧，而坡娃经历过这件事懂事很多，也不再提起雪儿。但没想到的是，雪儿在这一年的除夕夜自己回来了。河野威胁要火烧野狐峪，逼迫坡娃再次交出雪儿。经过一冬一春，怀孕的雪儿生下了小马驹。稻叶用心照顾小马驹，小马驹对稻叶很是眷恋。河野欣赏稻叶爱马的心思，命令手下决不能派稻叶上战场，要他一直看顾小马驹。早在古代，野狐峪就是重要的军事要塞。中国军队和日本军队在两个山头紧张地构筑工事。雪儿和它的孩子在夕阳时分出现在西边山头看风景，坡娃看到后惊喜不已，来此等待成为他每日的盼望。不久后，河野决心要训练雪儿成为自己的坐骑，强迫它与自己的小马驹分开。小马驹思念自己的妈妈，有一天挣脱皮套跑到了中国军队的山头上。担心小马驹的稻叶紧随而去，他看到了正在牧羊的坡娃，正想向他打听小马的去向，却被埋伏的游击队打中。小马驹看到自己的主人死后，绝望至极跑入深山不见踪影。河野倾尽全力训练雪儿，奈何雪儿根本不配合，也不发出嘶鸣声，甚至将他摔伤。暴怒的河野决定将刻上火印的雪儿送往前线拉大炮。雪儿在前线遭受折磨，失去往日风采变得瘦骨嶙峋。战斗终于打响，在中国军队推进到野狐峪一带时，日本人炮击了村庄，坡娃失去了父母和左腿。日本军队战败，雪儿成了俘虏。从战地医院回来的坡娃与瓜灯找到了雪儿，将它带回了家。火印成了村人关注的焦点，很多人因为雪儿曾是日本战马对其指指点点。坡娃为了雪儿住到了山上，重新回到相依相伴的日子。一次，坡娃遇到了遇袭的年轻中国士兵。雪儿本来一直不愿抬起头，却在此时发出强劲的嘶鸣。

年轻的中国士兵驾着雪儿重返战场驰骋，英勇奋战。在战场归于寂静时，雪儿驮着士兵追逐河野的身影，穿过河流与山谷，他们回到了野狐峪。在这里，在雪儿"咴咴"嘶鸣中，河野被它的冲刺迷惑而掉进了悬崖，它完成了蓄谋已久的复仇……在大雪漫天的一日，恢复身体的雪儿走入了深山，再也没有出现……

这是一本沉痛控诉无道战争的力作，也是一本赞咏人间至美情感的杰作。它深刻隽永、感人肺腑，令人掩卷而泣。《火印》中的主角是一匹名叫雪儿的马驹。为何选择马这一独特的动物意象作为抗战小说的主人公？其一在于，马自古就是人类崇拜的灵物，也是许多作家表达勇毅、刚直、信念等文化精神的惯用符号。其二在于，马在战争进程中起到非常重要的作用，此基于二战期间日军在中国强行征用马匹的史实。其三在于，作者奉行"大自然生物是平等的"观念，真挚地歌颂马的高贵、智慧、勇气与忠诚。雪儿是一匹什么样的马？它坚韧、血性、重感情、讲义气、有尊严有骨气。雪儿是一匹漂亮迷人的马，它风姿绰约、与众不同，对于救护自己的坡娃一家全身心地依赖，在村人眼中："这畜生也心重、情重，谁说它是一匹马呢？这世上许多人不如它。"日本军官河野对雪儿的注视不同于村人温柔欣赏的打量，而是十足殖民心态的俯视。他为了将雪儿训练成合格的坐骑，残忍地把尚在月子里的雪儿母子拆散，间接导致士兵稻叶死亡和小马驹失踪。奈何雪儿拒不屈服于河野的淫威，他只好将其送到前线拉大炮。雪儿在前线每天都忍受着饥寒交迫的劳役生活，而精神也在日复一日的折磨中颓废。雪儿与失去左腿的坡娃重逢后，一度因为羞耻之心压得抬不起头，它是在自责、在痛恨自己曾拉过炮轰中国人的炸药，刻在身上的那枚火印灼伤了灵魂。"不是不报，时候未到"，驮着中国士兵的雪儿重返战场，它英姿飒爽、所向披靡，即使身受重伤也没有放弃，最终将罪魁祸首河野引入悬崖，完成光荣壮烈的复仇。直到这时，河野才知道自己没有看走眼，雪儿确实是一匹英勇无双的千里马，只是他永远无法驯服它骄傲的心。雪儿只有在自己的草原、为自己的民族而战时才会激发潜能、一骑绝尘。曹文轩先生在《序》中写道"雪儿是一匹马，但它在我心目中是一个人，是有着人格的马，有尊严，有智慧，有悲悯。即使作为动物，它也是这个世界上最高级的动物。"雪儿这一拟人化的形象体现出动物性与人性的交融，甚至实现了灵性与神性的拔高，寄托着作者对于向善向美人性、追求自由解放的天性以及崇高伟大民族精神的寓言式体悟。尤其是在结尾，当雪儿以极大的耐力智挑敌人，将所受的苦痛悉数奉还时，那一声声震撼的"咴咴"嘶鸣声是那么具有生命力，像是为了承受太多的整个民族宣泄无法排解的痛楚。这种得之不易的胜利令我们欢欣鼓舞，也令我们肃然起敬。

以动物视角与第三人称视角交替推动文本，作者将其对历史的深思与对大自然的热爱注入文本，形成互为补充、共存和谐的双重叙事方式。动物视角客观冷静，观察人类更具理性思辨，非常具有说服力。在战争爆发前，雪儿和坡娃在野狐峪小村庄有过一段无忧无虑、嬉戏耍闹的日子，这里的人民善良淳朴，在雪儿看来："野狐峪并不富裕，但这里的每一户人家都过着自给自足的日子。他们穿着破旧的衣服，但每个人的脸色都很健康，并洋溢着满足的笑容。它让雪儿时时刻刻都能体会到，这里的人不分男女老少，一个个都很善良、厚道。它走过每一条村巷，从他们的眼神里，从他们向它递过来的胡萝卜的动作里，从他们'雪儿'、'雪儿'的呼唤声中都能体会到。"借助雪儿的视角，它对村民的喜爱和眷恋真切地抒发出来，增强了读者对野狐峪人民生存状态的感知。在落入地狱一样的前线处境时，面对虐马的日本老兵，雪儿心中充斥着愤恨与不甘："你以为你抽打的是石头吗？那是皮肉！是一匹马？是一头畜生？不错，马确实是畜生，可畜生的皮肉也是皮肉！就算是石头，你就一定可以用你散发着汗臭的皮带抽打我吗？"这一段对穷凶极恶敌人的控诉可谓字字泣血，雪儿的铮铮铁骨和对暴力的鄙视不屑显而易见。在雪儿在战前战后感受的对比中，中国人的悲剧处境显现冰山一角。

除了动物视角，文本启用了隐含作者判断的第三人称叙事视角。"情"是《火印》的主题，随着第三人称视角游刃有余地对文中各种角色的描摹和故事讲述，唯美纯净的友情、亲情乃至人性大爱缓缓流淌在字里行间，以爱为名点亮晦涩阴霾的硝烟世界。友情可贵，知己难寻。坡娃与瓜灯、草灵是无话不谈的好友。在雪儿被日本人掳走后，坡娃想去县城里寻找雪儿，瓜灯和草灵愿冒着被日军发现的风险一同前往。坡娃发现雪儿后想出了逃跑计划，却让瓜灯带着草灵先往城外走，自己单独实行危险计划,可见坡娃心系两个孩子的安危,不愿置他们于险境。日军轰炸野狐峪后,草灵丧生。坡娃与瓜娃来到草灵坟头,"一个坐在她坟的左边,一个坐在她坟的右边,就像从前三个一排坐在山坡上那样——草灵永远是坐在他们中间的。"少年亲密无间的友情跨越了生死而亘古存在。亲情如铁,护佑周全。年幼的坡娃不懂战争的残酷,几次三番冒险反抗日军,坚强的父亲为他撑起一片天。在日军的工棚里,忍着强烈不适的父亲总是对坡娃报以微笑,他"两只眼窝布满黑影,嘴唇总是焦干焦干的,裂了一道道口子,整个人好像一棵正在不断失去水分的树,开始落叶、开始枯萎",可他哪怕没有一丝力气了,也要向儿子笑着。在坡娃失去左腿,双亲在炮击中去世后,草灵和瓜灯的父母将坡娃当成自己亲生骨肉来照料,这种续接的亲情缓解了坡娃在身体和精神上的双重折磨。作者善于捕捉情感发生地中毛茸茸的点滴细节,细水流深、见微知著地将感情的波纹细腻深入地传导到每个人心中,带给读者绕梁三日的美好体会。

人与马之间相守相惜的无私大爱是文本表达的核心。坡娃与雪儿在那些同食同住的愉快岁月中已经成为彼此密不可分的一部分,雪儿在物产丰饶的野狐峪、在坡娃一家精心照料下从小马驹长成了年轻骏马。战火夺走了雪儿,坡娃无法承受这突然的变故,一次次走上寻马救马的道路。在雪儿被强行拉走后,坡娃高烧大病一场,清醒后带着好友去日本军营中救马。此举失败后,河野责罚坡娃父亲做苦役一个月。坡娃看到父亲被折腾地形容消瘦痛心不已,强压对雪儿的想念,可他睡不着时总听到雪儿的"咴咴"声,往昔一幕幕过电影一样在眼前闪现。心有灵犀的雪儿在这一年的除夕夜偷跑回来找自己的小主人,可在河野威胁要火烧野狐峪时,坡娃不能不忍痛再次将雪儿拱手相让。在这次诀别后,有一段描写感人至深,坡娃去堵后墙的窗户,以前从那望去都是和雪儿的快乐记忆,"他不想看到与马厩相通的窗子。即使糊了很多层的纸,也无法阻止他想着窗子——它毕竟是扇窗子。他要把它堵死。"堵上这扇窗也堵上了蠢蠢欲动的心窗,年轻稚嫩的孩子被迫成长,学会了割舍、承受与前行。在备受日本军队奴役后,成为日本军马的雪儿被坡娃认领回家,村人一改往日和善,仇恨蒙蔽了他们双眼,他们反而责怪雪儿是有罪的。已经失去一条腿的坡娃对雪儿依然不离不弃,带着雪儿住到了后山小木屋中保护它不被他人流言中伤。在坡娃救马、养马、爱马、失马、找马、得马的一系列情节中，人与马之间心心相印的真情跃然纸上。日本小兵稻叶和坡娃年纪相仿，爱马怜马的心意也是相通的。稻叶悉心照料雪儿和幼崽，为了守护它们不惜抗争河野的命令，在小马驹的心里他和妈妈一样重要。稻叶追寻跑进山林小马驹的身影，被游击队员击毙，坡娃恰好目睹了过程。坡娃内心充满了莫名胆战悲苦的情绪，他战战兢兢走到稻叶身边，给他盖上了一张草席，"坡娃带着羊群，走的是另一条回家的路。那时，月亮像冰凉的水，泻得整个草原都是……"月亮的凉意似乎冰透人心，浸润着深深的遗憾和悲哀。如果没有战争，坡娃和稻叶一定是好朋友吧，他们爱马如生命，一样的真诚朴实，一样的善良纯真。可他们生在了对立的阵营，身似浮萍不由控制，弱小的稻叶也是战争的牺牲品。作者在对坡娃和稻叶的塑造中融入了对无差别人类大爱和悲悯之意的思考，爱无分国界和性别，存在于每一份善意之中。战争是罪恶之源，毁了所有人眼里的光芒。

《火印》中每一个角色都是栩栩如生、血肉丰满的存在，他们有自己的无奈和妥协，是作者站在人性高度上对于战争审谛的结果，不会代替读者做评价，任何是非论断都在各人心中。作者重视美感和思想涤荡心灵的重要性，他没有刻意渲染战争流血打斗场面，而是透过现象深入本质对人性的复杂多维进行探索，将其对于生存选择、对于命运走向、对于精神生态等拷问糅合在高深娴熟的技巧表达中，带给读者无穷无尽的遐想空间。河野是残忍暴戾的，是当之无愧的刽子手和侵略者。然而河野也是一个爱马的人，他的队伍从不虐马，而且当不得已要送稻叶上前线时，他看到稻叶在巧妙地为喜鹊搭屋子，不由得对这个童心未泯的小孩有一丝怜爱和心疼，于是下达了永远不送稻叶去前线的决定。雪儿被送到前线后，受到一位日本老兵的无缘无故的苛待。但在日本老兵断断续续地讲述中得知，他年仅十八岁的儿子死在了战场，身首异处无处可寻，只为老父留下一缕头发，其中体现作者对于可恶之人也有可怜之处的人道主义关怀。无疑，作者摒弃了对反面角色脸谱化、刻板化的归纳，而赋予他们人性的宽度和广度，使他们拥有自己的故事和个性从而"立"起来。

《火印》的视角与主人公马驹雪儿很容易让人联想到另一文学巨匠的作品《战马》，这本书出自英国儿童文学作家迈克尔·莫波格之手，后被著名导演史蒂文·斯皮尔伯格改编为同名电影。《战马》的主角是一匹名叫乔伊的千里马，它最初被英格兰农夫卖给了艾伯特的父亲。乔伊与艾伯特产生温馨感人的友情。战争开始后，乔伊被迫离开艾伯特，交到一个英国骑兵手中。骑兵战死，乔伊被德军俘获。前后历经 6 个主人，伤痕累累、疲惫不堪的乔伊因和艾伯特曾发誓要重逢的约定坚持下来，最后经过战火洗礼，看遍世间沧桑后终与已成为战士的艾伯特相遇。《火印》与《战马》有诸多相像之处，它们都是围绕战争背景下一匹马与一个小男孩开展的故事，展现了人与动物之间弥足珍贵的真情厚谊，并以战马的视角为横截面展示战争侧影，剖析战争的无意义性以及对人类爱与和平的践踏，从而转向反战主题的全新反思。

《火印》延续了作者对于风景描写的偏爱。不同于苏北水雾弥漫的清秀风景，中国北方独有的风景、人情展现为粗狂野趣，文中诸如"远处的山林里，有鹿在鸣叫；百灵一边蹦蹦跳跳一边唱歌；东边的山坡上，野鸡的叫声响彻山谷"，寥寥几笔风景描写将北方大自然的生机活力盎然呈现，这也是作者对于恬淡的油麻地的一种截然不同的强力超越。雪儿在北风萧瑟中受尽屈辱，又在晶莹剔透的封天冰雪中遁入深山中，颇有一种独属于北方"风萧萧兮易水寒，壮士一去兮不复还"的豪壮感与神秘性。在作者浑然天成的文字世界里，我们感触良多，也许雪儿这一匹马的使命便是带着读者的灵魂周游了臆想的战争年代，它的悲喜留在了那段传奇经历中熠熠发光。当雪儿的使命已经完成，它隐入茫茫空山，令读者感到惆怅与释然，正如《边城》中意味深长的结尾"也许永远不会回来了，也许'明天'就会回来"一样。感谢这部伟大的作品握紧现在儿童的双手，看尽了昨日如梦，驶向值得期待的未来天空。

此文在山西省社会科学院举办的"墨韵留痕"书评马拉松赛征文中获"二等奖"（2025 年 7 月 1 日）

第三节　口述史·心灵史·风物史

—— 刘海栖《风雷顶》

曾凭借《有鸽子的夏天》荣获第十一届全国优秀儿童文学奖的著名作家刘海栖,是一位资深顶尖的儿童文学作家。《有鸽子的夏天》是个美好开端,之后出版的《街上的马》《小兵雄赳赳》《风雷顶》《游泳》佳作纷呈,颇得出版市场和评论专家好评,足见作家刘海栖深厚叙事功力。《风雷顶》出版于 2021 年 5 月,入选当年度"新时代乡村阅读季""农民喜爱的百种图书"以及《中国新闻出版广电报》6—7 月优秀畅销书排行榜等。刘海栖曾在采访中坦诚自己创作心得"让作品呈现出毛茸茸的触摸感",他的作品《风雷顶》便是植根于熟悉的家乡土壤,生长出来的具有生活颗粒感,语言圆润、色彩鲜艳、拥有蓬勃生命力的艺术品。

《风雷顶》全书分为"风过乡野"和"雷鸣岁月"两部。在上部,叙述者"我"决定为已入耄耋之年的父亲写一本书。父亲老家在胶东海阳,他的记忆力超群,回忆往事历历在目。父亲曾和小伙伴爬树摘杏、地里偷瓜,给孙子讲捉麻雀、捉布谷鸟、吃知了猴、吃豆虫的事情令人着迷。父亲对老家一草一木都记得门清,比如房梁要用香椿树、槐树拴红布条祈福、平柳能编筐,再比如野菊花明目清火、婆婆丁、马齿苋、灰菜、雀菜等野菜好吃常见。父亲如数家珍的样子像极了一个植物学家。"我"的爷爷奶奶吃苦耐劳,全家人都穿奶奶做的鞋,爷爷在失去一个孩子后自学了中医。父亲回忆过年、闹秧歌、赶大会的热闹,声称那真是一段平静幸福的时光。在下部,抗日战争打响了。山东境内国民党地方部队和政府官员跑了很多,留下的政权并不积极抗日,反而要打击共产党。西楼子村的孙天喜区队要打日本人,父亲的朋友剩为父报仇参加区队。孙天喜听闻日本人去郭城扫荡的消息,区队准备埋伏在其必经的战场泊村,南口子的地瓜地里。父亲的姥娘知道后,打发父亲回了自己家。战场泊村的老人们商议,只要好吃好喝地接待日本人,他们也不会把自己怎么地了,于是准备了茶水点心招待。日本人正开心吃喝,孙天喜的偷袭就开始了。谁知,日本人觉得是战场泊村给自己下圈套,大肆屠杀了60多名父老乡亲。而孙天喜根本不懂打仗,他的队伍溃散失败,剩侥幸逃脱。父亲的姥爷机灵,见日本人情况不对开溜保住一命,但子弹打穿了腮帮子留下伤口。国民党保安第五常备队队长姜彻九率领的海阳军枪支、炮弹落后,但作战非常英勇。在向阳山之战中,海阳军消灭日军200多人,而姜彻九壮烈牺牲。老百姓们将牺牲的80多名海阳军将士尸体拉回故乡厚葬。1941年,八路军歼灭了当地赵宝元汉奸军队,主力军开进了海阳。八路军十三团有一架马克沁重机枪,大家称为"老黄牛",是团里爱护的宝贝。剩加入八路军,改名为刘德胜。德胜拿一个"老黄牛"的子弹壳给了父亲。村里成了根据地,搞减租减息、关闭烟馆等活动。父亲的哥哥成了情报员,爷爷和父亲也加入共产党。在形势严峻时,日本人进行空前大扫荡。村里配合共产党党委指示执行"坚壁清野",东西和人都藏了起来。父亲跟着人流跑,和家人跑散了,度过了东躲西藏、惊心动魄的一夜后安全地回到家中。事后知道,八路军掩护百姓撤退,死伤最多,日本人制造了马石山惨案。马石山上建了八路军纪念馆,馆内陈列着珍贵的物料史料。父亲回到简阳师范,后来去往抗大上学,再后来参加了解放战争,迎来了最终的举国胜利……

"风雷顶"是文本叙事者"我"父亲的难忘故土——山东省海阳县土堆村南面最高的山头。"风雷顶"既是父亲那段魂牵梦绕童年岁月的代表,又是烽火抗战年代的见证。文本搭建在"我"对80岁老父亲纪实性的口述文本基础上,在第三人称"父亲"密集回忆和第一人称"我"补充解释中,"父亲"的童年、"我"的童年与父子当下的生活状态交叉出现,串联起丰富驳杂的人物群像、植物知识和世情宝库。《风雷顶》通过抢救老父亲的记忆,复原了抗日战争时期当事人历史经验,以日本人到来为分水岭,上下部的生活状态、情感色彩呈现鲜明对比,在文史互证中抵达人类终极关怀。比如父亲在回忆日本人大围剿时,老百姓人心惶惶、慌不择路,很多人随人流往东走,哪知日本人在此处的马石山设下陷阱。八路军带领着百姓突围,自己却一次次返回包围圈拯救更多的百姓。个人口述史是历史真相的佐证,民众是最有权撰写历史的人。为了进一步取信读者,叙述者"我"引入了采访"马石山十勇士纪念馆"正确客观的史料。

《风雷顶》不只是一部扎实的口述史,更是一部风物史和心灵史。上部生趣盎然,"杏分两种""柏萝和板凳腿""打丧门神""赶山会唱大戏""过年"和"闹秧歌"多个小标题牵出多个童年小事。父亲犹如一张活点百科地图,八十年前的种种快乐记忆犹新——酸杏、偷瓜、山桃、杜梨、扯裂、柞树、柞蚕、知了、秧歌、过年……从动物植物到乡俗民风,从众所周知到鲜有耳闻,胶东半岛海阳地区的生活情境成为作者津津乐道之处,独特的地域风情使文本呈现新质的审美风格。正是上篇"毛茸茸"细节充实,下篇亲历战争更显真实可感。作者用"鬼子来了"一语作结,"过年、扭秧歌、过大会"安稳幸福的生活仿佛余音绕耳,自然而然地从上部平静日常转向下部残酷战争,在结构上形成对仗工整、浑然一体的艺术效果。在唠家常式平淡深邃的讲述中,父亲、伯伯、爷爷、奶奶、小菊、剩、响姥爷等人物悉数登场,有的寥寥几笔就勾勒出其人生轨迹和心灵状态,以点带面、以小见大架起抗战前后的历史框架,展现出宏阔的历史视野和浓郁的生活气息。比如,文中土堆村种瓜人儿子剩第一次出现是在上部。在"我"父亲偷瓜记忆中,"剩"是小名,农村人有了孩子取个贱名好养活。剩长得结实,会打螳螂拳。剩曾经狠狠教训偷瓜的孩子,父亲堂兄金纺就被他的"老头看瓜"收拾得够呛。剩第二次出现已到了抗战年代。剩的爹被日本鬼子一脚蹚到了坡下,肋巴骨断了死了。年轻气盛的剩要为父血仇,参加了孙天喜的区队作战。区队作战不力,剩借着拳脚身手好跳过了几个地堰侥幸逃生。加入共产党领导的八路军后,剩改名为刘德胜,穿着灰色军装,挺得笔直,犹如脱胎换骨。刘德胜把宝贵的马克沁重机枪"老黄牛"两个子弹壳给了"我"父亲,其中一个是给金纺的。从战士刘德胜成长经历中,我们可以看到一位英勇青年的性情,他身手矫健、敢爱敢恨、机敏正气、不计私仇。刘德胜更名后斩断旧尘,获取新生,从一个莽撞土实的农村娃摇身变为意志坚定的八路军战士。文中写到胶东的十三团成了华野九纵,攻克济南、打过长江、解放上海,里面就有八路军刘德胜,此语寄托着对刘德胜式小战士成长的美好期冀。

刘海栖的《风雷顶》取材于生长于抗战年代的父亲口述实录,在漫溯复杂多样、丰腴有趣的区域文明风物叙事中逐渐展开了胶东人民在二十世纪三四十年代的生活百态画卷,将这片热土人民在战前战后的得失苦乐淋漓尽致地展呈,描摹了苦难大众在压抑时光里潜在韧性的心灵历程。《风雷顶》叙事语言和叙事视角的探索革新使得历史面向的儿童文学创作更为游刃有余,助力作品大获成功。可以说,《风雷顶》是近年抗战题材儿童小说作品不可多得的佳作,值得小读者们认真品读。

第四节　牧牛少年王二小的一次"复活"

——孟宪明《三十六声枪响》

有一首歌的旋律只要听过就念念不忘,"牛儿还在山坡吃草,放牛的却不知哪儿去了。不是他贪玩耍丢了牛,那放牛的孩子王二小……"。这首影响了几代人的纪实性儿歌《歌唱二小放牛郎》深情悲壮,令人闻之落泪。1942年,年仅13岁的农村放牛娃王二小在反"扫荡"中,将日本人队伍引进了八路军的埋伏圈,被敌人残忍杀害。词作家方冰、曲作家李劫夫根据这个真实故事创作了后世广为流传、堪为经典的歌曲。王二小确有其人,可他究竟是哪里人士? 家人是否健在? 他的日常生活是怎样的? 他和八路军有什么关系,又为什么能把敌人引进包围圈? 简单的歌词并不能告诉我们所有答案,这样的困惑也一直萦绕在作家孟宪明心头,直到经过扎实的采访调查后于2019年创作了《三十六声枪响》。同年,《三十六声枪响》获河南省委宣传部精神文明建设"五个一工程"图书奖,入选中宣部"优秀青少年读物出版工程",并于2023年获第八届中华优秀出版物奖。

《三十六声枪响》"复活"了少年英雄王二小和人物、日常、战斗等周遭场景元素,以王二小中枪后弥留之际脑中涌入的"三十六声枪响"为始,串联起一幕幕生活画面。这"三十六声枪响"并未按顺序排列,而是打散分布在全书中,只有第零声在首尾呼应出现,以彰显击中二小的"零"声是真正存在的,而那三十六声都是在生命流逝那刻匆匆闪现的意识流景象。为了理解方便,现按照正常页码顺序理清文章内容:10岁的王二小是狼牙口村的一个放牛娃,他第一次恍惚听见枪声是在村边山坡上烽火台做游戏时,那混合着牛哞的魅影似的"叭勾——"带走了15岁韩石矛的生命。再次听到罪恶的三八枪声是在12岁的一个晴天,鬼子包围了村庄,抓走了村里的几个壮丁,刺伤了二小的爹王桂生。游击队长胡正强带队保护百姓,将日本鬼子赶出村庄,紧急救治王桂生,救下二小受了屈辱要上吊的娘。日本人在鹰嘴崖开金矿,王大小、田贵爹田禾、窝囊大叔都在那做苦力。鬼子在山梁上打了炮眼崩石头,却不允许劳工们躲开车轮似滚动的石子。一个姓"片冈"的日本人屠杀劳工,田禾和王大小将其打死。长官龟村不相信片冈是被石头炸死的,将田禾、王大小和田窝囊悬空吊在了鹰嘴崖的崖壁上。二小担心哥哥,一个人跑到了鹰嘴崖,趁着夜黑悄悄把三人救下来。正赶上游击队胡正强带队埋伏鬼子,打了日本人一个措手不及。王桂生看到安全回来的大小和二小,松了口气后撒手人寰。日本人看到游击队救走了人很气愤,又在崖壁上吊起了5个乡亲。为了让游击队打好反伏击战,胆大的二小去矿区侦查情况,龟村认为小孩子容易受蒙骗,给了二小糖果要求交换八路军情报。根据二小提供日本人没有增兵的情报,游击队发起了一次奇袭,打了漂亮的胜仗。游击队牺牲3人,歼灭4个鬼子,救回了全体25个劳工兄弟。狼牙口村条件成熟,成立了抗日民主政权,田禾当选民兵队队长,王二小当选儿童团长,二小娘更名为魏兰英当选妇救会主任。抗日小学开学,魏翘教孩子们学知识,孩子们不仅学习努力认真,还相约有情况就模仿喜鹊声音报警。民兵队打赢了仗"毙一俘一",狼牙口村像过年一样欢庆,边区政府举行了表彰庆祝大会,击毙日本军官的王大小被授予模范民兵的称号。特务来村,二小、田贵、精豆儿和水花发现敌情,精豆儿以嘴作枪打了特务一下,竟然使特务崴了脚。民兵队抓住特务来审讯,才知道鬼子们准备第二天对边区大举进攻,百姓们都紧急藏了起来。第二天,鬼子们被埋伏的地雷炸死了几个,民兵队打响了激烈的对抗战。鬼子们跟着胡队长的作战痕迹找到了百姓藏身的滴水洞,鬼子军官让小孩们指认自己的家人,最后只剩下了磨豆腐的韩丑爷爷奶奶。日本鬼子认定这两个老人是八路军,不由分说将其杀害。走散的王大小和丹红互表心意,成为一对难舍难分的情侣。日本鬼子驻扎在狼牙口村要修建炮楼,二小接受了胡队长放牛时带回武器、打听游击队员的任务,成功与大小、丹红、游击队副队长陈锋队伍汇合,并在滴水洞发现一个秘密通道。根据二小带来的情报,游击队里应外合,在一个月黑风高的晚上奇袭日本兵营,大获成功,手里的武器都换成鬼子的三八大盖。村里的一切暂时恢复平静,丹红记着"缝制3双新鞋就能嫁给大小"

的民俗；儿童团照常放哨、学喜鹊传警报，还承担着牧牛的任务；妇女救国会则进行了军事演练。八路军司令员来到狼牙口村考察，准备在野狼沟建战地医院。特务打伤了魏翘，她被送往战地医院治疗。八路军晋察冀抗敌剧社来到狼牙口村做了精彩的演出，王二小担任指挥，儿童团的孩子们表演了两首歌曲。孩子们想念魏翘老师，写好了作业，王二小、水花看到八路军战士大壮去后方医院送信，请求一起骑着白马将作业送给魏老师。大壮告诉二小鬼子要想袭击医院，就得经过一个像狼咽喉一样的崖口，他憧憬着把鬼子引进这里彻底消灭。魏老师收到学生的作业非常高兴，尤其看到精豆儿的作业感动地哭了出来。在回去路上遇上敌人大扫荡，百姓被赶在一起，汉奸说交出粮食就可免死罪。二小灵机一动说知道粮食藏在哪里，将鬼子领到滴水洞里，骗他们说粮食藏在缝隙洞里，偷偷从上次发现的秘密通道溜走了。正月十五，乡亲们吃了月饼，丹红祭拜了被日本飞机炸死的亲生父母，和大小许下今生的誓言。这天，日本鬼子的侦察机来了，骑兵连孙连长胸有成竹地带着民兵队去伏击日本人，没想到敌人用了毒气弹，仗败了，井里的水也被投了毒。鬼子吊起了8名战士的尸体，八路军连夜打仗夺回了战士的遗体，其中就有王大小。二小、娘和丹红悲痛欲绝。中秋刚过，鬼村带着补充过的兵回到了矿区，鬼村支队第一小队开进了狼牙口村。高峰山被勒令筹备半个月的粮食，日本鬼子冲进他家抢走衣物粮食。二小娘带着妇女们埋地雷炸死了两个日本人，胡队长带队消灭了小支队，鬼村不肯善罢甘休，用炮弹把百姓赶到了山上。二小娘魏兰英掩护大家逃跑，拉出手榴弹炸死了自己和鬼村。二小受到刺激后得了重感冒，病好后重新投入战斗。日本人发现了狼牙口百姓藏粮的山洞，胡队长带队奋战夺回粮食，精豆儿被日本飞机扫射击中。魏翘老师想念孩子们，托人带来了大家的画像，水花看着哥哥精豆儿的画像泪流满面。群情激奋的游击队战士和民兵打了一场痛快淋漓的战斗，缴获了大批武器，狼牙口村百姓热烈相迎，美酒相劝。战士们喝了酒立即出发，奔赴下一场战斗。胡队长奖励二小一根花杆笔，二小内心一扫阴霾，充满了想去上学的渴望。练完了字，孩子们去山坡上放牛羊。二小追着上山的牛羊碰上了迷路的鬼子，鬼子让他带路，他便用喜鹊声和伙伴们通报情况。最终，二小带着这一队日本人走进了崖口，天堑一样的关口让鬼子插翅难飞,游击队埋伏在这等待全歼敌军,鬼子军官觉察到不对劲,对着二小连开数枪……二小感到对这个世界深深的眷恋,记忆中那36声枪响托着他升入碧空,仿佛看到了亲人们……

王小二是家喻户晓的抗日小英雄,但他的形象一直以来是符号化的、有距离感的。作家孟宪明的《三十六声枪响》以40万字庞杂厚重的体量为"王二小"这个模糊的影子重塑实体,根据晋察冀抗日根据地人民在中国共产党领导下的八路军带领下机智英勇抗击日本人的史实,成功塑造了一位机敏阳光、善良可爱、有责任有担当、为保护乡亲毅然决然舍身就义的小英雄王二小形象。"王二小"不再是歌词里一个具有象征意义的抽象能指,作者孟宪明为他复原了详尽的生活背景,他拥有过这个世界上最平凡最温馨的生活,血肉丰满、真实可感,于是王小二得以从时光尘雾中走来,隔着时光隧道和今日的少年读者产生精神上的呼唤和共鸣。可以肯定的是,王二小曾是一个普通的男孩子,拥有自己独特的人生经历,但他更是一个英雄少年,光辉事迹青史留名。

《三十六声枪响》一大亮点是叙事形式的大胆创新,以王二小生命历程中听到的36声枪声为线索,蒙太奇电影画面式按心理逻辑编排章节,虽然增加了读者阅读文本的难度,但也带来了崭新的充满寻找感和悬疑感的阅读体验。36张记忆拼图倒叙闪回,曾经的生活碎片飞速在王二小脑海上演,那承载着人世间美好情愫的图景一点点被定格。狼牙口村拥有丰沛的乡俗民情,这里的百姓亲如一家,八路军与百姓鱼水情深,他们的日常都在与日本鬼子周旋打仗,经历一次次血与火的洗礼。日本军队残忍暴力,任何亲情、爱情、友情在战争的凌虐下都不堪一击。王二小的一家是英雄的一家,他的父亲在临死前嘱咐两个儿子要跟紧八路军。王大小年纪轻轻作战勇猛,与女中豪杰丹红互许终身。可爱情的甜美并没有留住这位小战士的生命,他在冲锋陷阵时牺牲在前线。王二小的娘被日本人欺辱,改名新生,最后以身为饵,与敌人同归于尽。二小是儿童团团长,数次在和日本人周旋时逃生,在预知自己可能的结局时,义无反顾将敌人带进包围圈,被数枪击中,死得壮烈。如果没有战争,这些美好的人们将笑意吟吟地站在春风里。正是作品中无数次刻画的人情人性美令人动容,这种战争对生活摧毁破坏才更具震撼感和悲剧感。

在当今抗日题材儿童小说倾向于想象叙事的风向下,《三十六声枪响》赓续《闪闪的红星》《小兵张嘎》革命现实主义的英雄叙事传统,发掘了王二小之所以成为英雄王二小的内在因素,这不仅是作者献给新中国成立70周年的诚意之作,更是中国抗战儿童题材的希望之作。正如本书的封底写着"悲壮之美,忧伤之美,本真之美,崇高之美",作者孟宪明超乎预期地完成了这项尚美的史诗巨著,相信每一位读过此书的读者,都将在听到《歌唱二小放牛郎》时更具画面感,在遗憾、叹惋、怀恋的复杂心境中提升关于革命英雄面对残酷屈辱战争的体悟,从而更加珍爱和平、感念当下。

第五节　跨越国界的老虎褡裢

——宋安娜《泥土里的想念》

　　天津籍作家宋安娜潜心研究定居在天津卫的犹太人历史达 20 年，在多年素材积累和思想沉淀的基础上，于 2018 年创作出版了长篇儿童小说《泥土里的想念》。本书入选 2018 年主题出版重点出版物和 2018 年度天津市重点出版扶持项目。

　　8 岁的漂亮犹太女孩撒拉有位中国阿妈。撒拉所有在天津的亲戚——爷爷、姥爷、叔爷、姑爷都开着皮货公司，他们将收购的牛皮、狗皮、狐狸皮、狼皮简单加工后卖到美国和欧洲。撒拉的爸爸是第二代犹太移民，是《京津泰晤士报》的一名记者，撒拉的妈妈去世得早。来自乡下的中国保姆成了呵护撒拉成长的阿妈。撒拉眷恋阿妈，吃饭、玩耍、睡觉都得阿妈陪伴。每逢五月端午，阿妈就会缝制老虎褡裢保护撒拉五毒不侵。撒拉与邻居男孩金宝、银宝在文法学校上学，每天上下学都在一起。1937 年 7 月 30 日，日本人入侵天津。天津沦陷之前经历了激烈的血战，文法学校提前放假，撒拉住的福康里因为坐落在英租界而暂时避开了战争的炮火。阿妈牵挂在乡下的儿子，请了 3 天假回家。临别时，阿妈紧紧拥抱着睡梦中的撒拉，她放心不下这个 8 年来形影不离的小女孩。3 天过后阿妈没有回来，撒拉被爸爸送到金宝和银宝的母亲张太太家每天吃饭。撒拉记着阿妈曾说想念一个人就把念物埋在土里，它会带你找回你想念的人，便把 8 个老虎褡裢埋在了海棠树下。撒拉是有秘密的人了，她发现张太太也有秘密。张太太总是在中午洗澡，但撒拉以躲猫猫为由进去偷看却发现她身上没有一滴水。金宝银宝挖出了老虎褡裢，答应带着撒拉去找她的中国阿妈，他们穿过日租界来到老城，却碰到了游行队伍被日本宪兵枪击的场面，好在他们碰到了开黄包车的小马哥被带回家。小马哥带着撒拉和金宝银宝来到了天津郊区杨柳青，遇到了做年画雕版的表大爷。大爷为撒拉找到了老清朝时期的雕版《侍女娃娃》,撒拉觉得画上的女子和婴孩正是阿妈和自己。撒拉把年画贴在大街小巷的墙上,盼望着能早点找到阿妈。日本兵封锁了租界,日子开始变得艰难,而杨柳青也被炮火毁了。来自哈尔滨和德国避难的犹太人纷纷涌进天津,撒拉家迎来一个新成员勃曼叔叔。勃曼叔叔曾住在维也纳,他是位小提琴演奏家,女儿也名叫撒拉,同样热爱小提琴。德国纳粹占领维也纳后,女儿忍不住在一个深夜里拉响小提琴被纳粹逮捕,从此勃曼失去了灵魂。为了唤醒勃曼的心智,撒拉请求6号院学提琴的小男孩帮忙。男孩手里的手提琴像噪声一样刺耳难听,勃曼终于忍不住拉响了一首优美的音乐,并获得一份维格多利咖啡厅拉小提琴的工作。经历了冬日缺粮少柴,倾泻的洪水淹没了天津,大家齐心协力度过了这段时光。英美对日宣战后,文法学校关门了,而给八路军发电报的张太太也被敌人逮捕了。金宝银宝辍学在维格多利咖啡厅当门童,撒拉转学到犹太学校。张太太被日本人处死,小马哥离开大家去当八路军,而撒拉的爸爸也决定去延安采访。日夜想念阿妈的撒拉长到13岁了,她终于遇到了自己的阿妈,原来她现在已经成了一个日本女孩的阿妈了。这天,撒拉坐上了游轮,离开这座城市……

《泥土里的想念》以8岁犹太女孩撒拉的视角展开叙事,塑造了一个在战火中寻找母爱与归属感的儿童形象。撒拉本是在母亲怀抱中享受温暖呵护的年纪,但却因为战争被迫母子分离,她对中国阿妈的全身心依恋和寻觅,即是对逝去凋零的童年和母爱的渴望,此举更是对中国文化和中国人民认同的隐喻。阿妈作为中国传统女性的缩影,隐忍、勤恳、无私、善良,她用了整整8年时间陪伴一个撒拉成长,并将老虎褡裢这种具有传统民俗符号融入犹太儿童的成长,使其成为异国女孩稳定幸福的精神内核之一。

天津卫端午香囊"老虎褡裢"贯穿全文,这种小饰品是用碎布头缝制成小老虎、大蒜头、面粽子、葫芦、红辣椒、扫帚、荷包样式,寓意驱邪除病、祈福吉祥。在每年初夏和煦的风吹拂着百叶窗时,阿妈曾缝制老虎褡裢,"她太专心了,海棠花瓣撒满了她的双肩,她似乎都没有觉察,她低垂的脖颈儿上细柔的汗毛,在阳光下跳跃出金色的光",这一针一线都是为母的爱意。阿妈在战争中走失,撒拉没日没夜牵挂着她,这沉甸甸的思念寄托在老虎褙裢中，撒拉将它和犹太圣经《塔木德》放在一起保存，又相信中国民间传说两次将它埋在树下祈愿。这一叙事表达将中国文化与犹太文化共同对话、融会贯通，展现了两个民族在残酷战争情境下的相互理解与互为守望，将小女孩撒拉的"小念"泛化为激活历史、民族大义的"大爱"，小说自此宽度和广度大为延展。

除了"老虎褙裢"，小说中还有大量天津地域民俗文化的展现，如"爆米花""磨剪子戗菜刀""杨柳青年画"。杨柳青年画是中国著名民间木版年画，是国家第一批非物质文化遗产。杨柳青年画色彩丰富、刻工精美、题材吉祥，在文中，撒拉的中国阿妈是天津乡下杨柳青人，撒拉在寻亲时自然而然与当地民俗发生联系。小马哥的表大爷是杨柳青年画的代表性传承人，他谈起国粹自豪满足"要不是那些宝贝，我也早逃难去了"，介绍年画的历史如数家珍"一块板根据模仿的内容分三种刻线""咱杨柳青最畅销的年画的雕版——《莲生贵子》！这个胖娃娃握着一只萧吹呢！"送给撒拉的是来自老清朝的雕版《侍女娃娃》，画中女子关爱的身姿与孩童的依偎瞬间击中并俘获了撒拉的心。杨柳青年画及天津其他风物元素不仅仅是构成"独一个"的鲜明地标，也是巧妙推动"寻找"情节发展的关键符号。

《泥土里的想念》是中国第一部聚焦犹太人在华历史的儿童文学作品，它将目光投射在天津犹太人民的生活日常和命运沉浮中。这些犹太人有着自己的生意和朋友，与中国人睦邻友好，在面对日本侵略者来犯时恐惧忐忑，在英租界的犹太社区艰难度日。作者将德国和日本两大帝国主义侵略史事串联，天津犹太人接受从欧洲和中国东北逃亡此处的同胞，尤其是小提琴家勃曼失去幼女的心痛故事，足以佐证"二战"这场天地浩劫带给世界人民的精神创伤。在"二战"期间，中国天津曾是犹太人三大居住地之一，庇护了成千上万国际友人的安全。中国人与犹太人互为援助、共渡难关，从撒拉与金宝、银宝的友谊，到撒拉与阿妈的亲情，再到洪水灾难来临时英租界人民的齐心协力、划着小船救助彼此，两个民族在同一段苦难沉痛中缔结不可分割的深厚情谊，共同构建了多元文化共生并存的战时图景，"人类命运共同体"的终极人道主义关怀超越暴力的描写而闪耀夺目。

宋安娜的《泥土里的想念》以孩童之眼打捞了那些尘封在天津卫的抗战往事，以干净明澈的语言形式保留了一段中犹抵抗暴力、反对侵略的记忆。在结尾，日本人占领了英租界，撒拉和家人再次背井离乡踏上寻找安身之所的旅程。撒拉离开天津时的那声呼唤"阿妈，阿妈呀"深情缠绵，个体的离别之痛升华为对和平的祈求。希望那些被掩埋的思念与爱意最终能克服黑暗，在胜利的黎明中生根发芽从而寻到归宿。

第六节　听，蜂飞过天际的声音

——黄蓓佳《野蜂飞舞》

黄蓓佳称得上是一位传奇作家，在从容领跑中国儿童文学的几十年间，全国优秀儿童文学奖、冰心儿童文学奖、宋庆龄儿童文学奖、中国出版政府奖、"五个一工程"精神文明建设奖等大奖加身，她每推出一部作品，即获评论家高度关注和读者的热烈支持。2018年，黄蓓佳新作《野蜂飞舞》出版后作为最佳童书登顶"2018年度中国童书榜"，接着在2019年上海揭晓的陈伯吹国际儿童文学奖中摘得"年度图书（文字）奖"。

入选黄蓓佳倾情小说系列的《野蜂飞舞》将笔墨倾注于抗战时期一个知识分子家庭，通过打捞和复活成都华西坝上5个孩子的生活经历，展现了一段独特感人的历史。故事在一位迟暮老人黄橙子自言自语的追忆和感怀中拉开童年的帷幕：抗战一开始，政府发布了动员令。为了给国家和民族留下文化根脉和教育火种，国内的大学纷纷迁往内地躲避战乱，其中就包含黄橙子爸爸所待的金大。大学内迁至成都，黄橙子一家也在华西坝的一个叫榴园的小院里安顿下来，妈妈顺利生下了弟弟。黄橙子带着妹妹小素去河边摘桑果，碰到了许久没回家的爸爸带着一个男孩。原来，这个男孩是爸爸挚友的遗孤，名叫沈天路。沈天路初到黄橙子家时，因为矮小精瘦，上学留了一级，被橙子的学霸姐姐嘲笑；爸爸买了橙子喜欢了很久的兔子铅笔盒送给天路，橙子心生嫉妒，悄悄偷了铅笔盒藏起来，让天路遭到了老师的批评。黄橙子生性调皮，一次拔了梅教授公鸡的尾羽，差点挨了爸爸的巴掌，沈天路出面替橙子辩解，称学校要举办踢毽子比赛，橙子是要用尾羽做毽子参赛，橙子被天路施以援手的行为感动。老师让橙子参加钢琴合奏，夜间天路送橙子去参加排练，听到演奏效果不由自主评价弹得难听，激起了橙子的胜负欲。华西坝的冬天，前线战事吃紧，学校为了声援抗战，在圣诞前夜组织了舞会，橙子答应在哥哥排演莎士比亚的《仲夏夜之梦》中扮作小精灵,她每日苦背台词,以至天路听着都会背诵,却没料当天橙子生病缺席,天路顶替了自己,完美配合了演出。这一年,家里共有4个人加入了童子军,哥哥、姐姐、天路和橙子。开春后,童子军搞了一次行军拉练,橙子和好友范舒文积极参加,事后起了一头虱子。夏天,日军开始轰炸华西坝,橙子一家在警报响起的时候躲在郊区僻静地带,这一情状持续了近两年,直到美国空军加入对付日军空袭,生活才慢慢恢复平静。橙子小学毕业到私立华都女中住校,天路来校探望,和橙子约定弹好《野蜂飞舞》这首钢琴曲。范舒文的表哥马克来到榴园,他是美军飞虎队成员,向往飞行的天路要到了马克的联系方式。来年春季大忙,大学生响应政府征兵号召,一多半去了战场,重视农业种植的橙子爸爸痛心疾首。哥哥如愿考入燕京大学新闻系,却在1944年中国战场形势危急时报名参加远征军,在进攻缅甸后牺牲在密城前线。姐姐在去书店借书时受到共产主义宣传者李胜利的启发,被昂扬激愤的情绪鼓舞买了《钢铁是怎样炼成的》,最后跟着李胜利前往延安,在晋绥军区战地医院工作时被炸弹击中头部死亡。沈天路报考航校,与橙子经常通信。橙子随慰问团去空军营地,在联欢会上熟练地弹奏了《野蜂飞舞》,完成了和天路的约定。天路在与日军敌机缠斗后同归于尽,橙子在弹奏《野蜂飞舞》缅怀天路的余生中度过……

《野蜂飞舞》在宏大开阔的时代背景下展开,聚焦了"知识分子"这一特殊家庭,从细致入微的生活细节入手,折射出整个战时的社会风貌。跨界作者黄蓓佳不限于用儿童语气构造简单稚嫩的儿童故事,而是游刃有余地将熟稔的成人文学创作经验运用在儿童文学中,作品题材宽泛扎实,真实且有厚度。《野蜂飞舞》创作是站在广袤丰富的社会视域下进行的,作者刻画形形色色的人,勾勒选择不同的人生轨迹,重视儿童内心复杂细微的变动,揭示出人性深刻隐秘的一面,因而整个故事在温情与悲情交织中呈现出富有文本张力的美学色彩。

《野蜂飞舞》故事发生在1937年全民抗战大背景下,此时,燕京大学、金陵大学、金陵女子文理学院、齐鲁大学等"五校西迁",成为抗战时的"另一所西南联大"。作品是新时期抗战题材儿童小说中第一个将目光聚焦在知识分子前路选择上,也是第一个将触角对准抗战时期流亡大学在西南大后方结茅立舍,对启蒙引领者知识界在抗战时期救国报国途径进行探索思考。黄橙子的父亲黄裕华是金陵大学农学院的院长,奉行"农业救国",曾研制出优质小麦良种"金大2905号",被报纸称为中国的"绿色革命"。这么一位了不起的人物,在抗战救亡初期,扛着仪器,押着书籍,抛家别舍,携儿带女,跋涉千里,来到西南成都赓续文明的火种。西迁五校挤进了华西协合大学的校园里,分享教学、办公、吃饭、住宿有限资源,3000个学生,56个科系,教师薪资少得可怜,学生贷学金吃饭,师生在难以想象的艰苦环境中同舟共济、薪火相传。黄橙子在榴园认识了几位可亲可敬的教授:范教授,美国人,华西医学院的外科医生,医术了得,他的女儿范舒文是橙子的至交好友。梅教授,他和爸爸黄裕华志同道合,从美国威斯康星大学生物系毕业后,回国改当了畜牧系教授。梅教授和爸爸吵架会用英文,称"英文骂人不粗俗";一起为毕业学生做论文指导;也会在黄橙子拔掉从南京带来的大公鸡尾羽时,文绉绉地吵嚷几句。历史语言所的陶教授,落脚成都后瞄准了堪称语言宝库的松潘高原,常带领着学生去做嘉戎藏语调查,风餐露宿,广交朋友,一次将藏民送给的小熊崽带回了榴园,成了全院小孩子的玩伴,他却在大凉山考察时感染疟疾去世。物理系教授徐方训,仪表堂堂,极为讲究,眼见战争情形恶化,无法在书斋里安坐,同几位教授一起研制火药、雷管以及枪管里的膛线,在一次试验中雷管爆炸失去了无名指和小指。几位教授谈起国事局势抑制不住地愤慨担忧,在接待客人飞虎队员马克时,家家都拿出最有诚意的菜品,兴起从《中国一定强》唱到意大利文的《饮酒歌》。

以"求道""闻道""弘道"为旨的中国知识分子阶级,不仅是国家栋梁精英,而且承担着文化建设和社会建设的重任。面对残暴严酷的战争,这一群体比其他群体更显现出高度的社会责任感、忧患意识和文化反思。黄裕华、范教授、梅教授、徐方训和陶教授是五四知识分子觉醒后的众生相,他们因才华抱负相聚一起,相似的道德品行,一致的洒脱达观,他们有的著书立说,有的田野调查,而有的埋头科学研究,甚至为此献出生命,这种无畏精神属于堂堂正正"大写"的中国士人。群英荟萃,殊途同归,每一颗文化巨星都闪耀着平凡而伟大的光辉。得益于这群知识分子的毕生奉献,中国历史方能在连绵灾难中焊接起文明链条。

"榴园"是主人公黄橙子快意成长居住的小院,也是战火纷飞中与亲友获得庇护的一方净土。黄橙子仰慕哥哥,与姐姐斗嘴,与沈天路惺惺相惜,照顾年幼弟妹,在榴园度过了热闹五彩的童年生活。这些孩子长大后,目睹山河破碎,经历连年兵燹,内心向尊敬的父辈靠拢,做出无愧青春的抉择。"捐躯赴国难,视死忽如归",面对未知的前路和预知的命运,他们抱着必胜的信念,脸上是一样的从容和坚定。大哥参军,牺牲在他乡异国;姐姐奔赴延安,在前线献出生命;沈天路成为一向钦佩的飞虎队员,与敌机搏斗,血染长空。他们曾在华西坝那么热烈地生活过、灿烂过、飞扬过,在战争阴影笼罩下依然明媚得像春天尽情盛放的花朵。在某个路口转角,仿佛还能看到骄傲的姐姐在男生的追捧下骑自行车,能看到哥哥在认真地排练话剧,能看到沈天路陪着黄橙子走过长长夜路,约定弹好"野蜂飞舞"的曲目,这些幻影却在转瞬间定格破碎。书中主人公黄橙子那一声喟叹"他们死得其所,像烟花绽放在天空,优美而绚烂",何尝不是对这些赤诚青年最真诚的赞咏。"烈火淬英魂,何人不少年",在无数前辈用生命换来的太平盛世,今日少年会深深地为烈士的青春之选折服,感受到思想的分量、理想的光芒和奋斗的魅力,这将引起读者强烈的情感共振。

　　黄蓓佳在特有的温情调性中诉说着过去,在"成人——儿童""过去——现在"视角中交叠呈现了成都华西坝上一段动荡而迷人的前尘往事。作品以轻盈愉快的童真童趣消解命运的悲剧感,大部分篇幅都在着力描绘寻常可贵的生活图景,俯拾皆是邻里亲人、兄弟姐妹真情流露的珍珠贝壳。直到一笔带过命运般陨落,个人际遇最终融入史诗般的时代更迭中,就像一叶扁舟驶入苍茫大海,虽令人唏嘘却倍感心安。那首钢琴曲《野蜂飞舞》奏响了"相伴短暂,离别漫长"的深情旋律,让我们一起静静聆听蜂飞过天际的声音……

第七节　天空飘下一朵白棉花

——黄蓓佳《白棉花》

提起多产作家黄蓓佳，喜爱儿童文学作品的少年们或多或少曾在书店里翻阅过她的一两本书。也许是《我要做好孩子》《今天我是升旗手》青春校园系列小说，说不定是《野蜂飞舞》《最温柔的眼睛》倾情为旨小说，又或者是《平安夜》《星星索》历史题材小说。黄蓓佳的文字清逸温馨、纯净细腻，总会在引人入胜的细节中"埋伏"轻轻拨动敏感易伤心弦的"陷阱"，令人潸然落泪、流连忘返。2010年，江苏少年儿童出版社推出了黄蓓佳献给中国儿童的史诗性作品"5个8岁系列"（《草镯子》《白棉花》《星星索》《黑眼睛》《平安夜》），择取1924年、1944年、1967年、1982年和2009年这5个特殊时间节点，以单个儿童成长为线串联起百年中国历史复数记忆，复活了梅香、克俭、小米、艾晚和任小小5个小少年鲜动人生。沧桑巨变，尽在童眸，每一个中国儿童的生命历程都是独特精彩的，其情感体验共通之处又呈现出普罗众生之相。

《白棉花》是这一系列的第二本，主人公是生长在1944年的8岁少年克俭。1944年，克俭娘带着绮玉、思玉和克俭3个孩子从青阳城逃难到乡下已经6个年头。在农历七月末的一天，克俭和娘在田里干活时看到一架飞机坠落在河岸，飞行员跳伞不知踪影。上垛镇国民党保安旅长沈沉和他的特务班检查了坠机地点，给乡民们下达了务必找到美国飞行员的任务。这天晚上，加入新四军的大姐绮玉来家叮嘱娘和克俭，美国是中国重要的同盟伙伴，决不能让飞行员落入日本人手里。但乡民们经过一番仔细搜寻，也未发现飞行员行迹。在青阳城驻守的日本人闻讯派出小分队，与沈沉的保安旅进行一场鏖战，双方损伤惨重。克俭和好友宝亮在串场河边的小沟渠里捕黄鳝，意外在野草中发现了受伤的美国飞行员。宝亮的父亲薛先生是中医，他诊断人事不省的飞行员为重症伤寒。克俭家藏着飞行员，大家严格保守着这个秘密。坠毁的飞机头是个宝贝，可国军和新四军没法将它搬走，又不能留给日本人，不得不将其沉塘处理。克俭的二姐思玉是中学学校抗日宣传队的队长，她不仅去石庄给飞行员采办药材时趁机给百姓们发抗日传单，而且平日排歌剧话剧也很在行。一次，思玉编了一出活报剧，自己扮演杀日本鬼子的将士，克俭则被姐姐鼓励着饰演"小媳妇"，姐弟俩的演出大获成功。薛先生想尽了办法，一副副药给飞行员喂下去还是不见好转，他令宝亮和克俭捉了蟾蜍，取其耳后的蟾酥为药引子无效，又改换江边的陈年老芦根。宝亮和克俭去挖芦根时被江上开快艇的日军看到了，一顿扫射中死里逃生。薛先生的用药起了效果，飞行员终于清醒了，他比画着告诉克俭自己叫"杰克"，克俭听不懂英语，取谐音为"夹克"。保安旅长沈沉听闻飞行员消息兴冲冲地赶来交流，却因听不懂外语有种"鸡同鸭讲"的尴尬，只得吩咐克俭娘好生照料。克俭娘想方设法改善杰克的伙食，在食物极为短缺情况下，用鲫鱼做成大鱼丸、炖鸡汤、卤狗肉等，杰克的精神状态一天天好转起来。克俭发现可以用画画的方式和杰克沟通，两人成为好朋友。保安旅即将开往泰州打仗，沈沉特地来家对杰克逃生地点做了安排，找到了一口枯井。保安旅开拔后，石庄镇的日本小队果然来此扫荡。一个日本人追着思玉进了家门，意外发现了杰克。大家齐心协力将这个日本人打死，将其和杰克一起藏进了古井，躲过一劫。新四军首领夜访杰克，邀请他去根据地休养，杰克舍不得日夜照顾他的克俭一家，于是拒绝了。但分别这一天还是到来了，沈沉向杰克转达了来自美军第十四航空队长的一封信，信里要求杰克即刻归队。杰克给克俭留下美国家中地址，承诺克俭自己一定会写信给他。沈沉在护送杰克穿越日军封锁线途中牺牲。克俭按照杰克的地址尝试给美国寄去信件，却始终没有收到回信……抗战胜利60周年，年近七旬的克俭偶然在网上搜到美军第十四航空队牺牲名单，原来杰克早已牺牲在1944年飞往上海的对日作战前线……

《白棉花》的审美底色是和谐与温情。在晦涩的战争背景下，人们对"爱"的渴求比以往更甚，作家将净化的纯白温度注入文本，足以唤醒强烈的生命感动。其一是朴素亲情。比如，克俭娘给克俭和思玉准备了寡淡的糁儿粥和酱萝卜头。日日如此，两个孩子食不下咽。娘给他们各挖了一锅勺香喷喷的炒焦屑。思玉让娘也喝一口,她推说下午炒焦屑的时候吃过了。炒焦屑是混着油糖将果干和核桃仁炒熟做成的点心,在物资极为匮乏的时期是一种奢侈的享受品。可克俭娘疼惜孩子,变卖所剩无几的金银首饰,只希望给孩子们改善生活,在苦日子里有一点甜念想。在这位平凡而伟大的女性身上,不求回报、甘愿付出的光芒熠熠生辉。其二是相伴友情。比如,克俭和宝亮志趣相投,捕黄鳝、捉蛤蟆、挖老芦根、采银杏果,这些童年的小事扎实细密、生趣盎然,贴近儿童热爱自然、向往自由的天性,出于作者对儿童乡下生活的精准把握和对地域文化特点的复原,读这些文字会从心底油然而生一种明澈清晰的快乐。其三是相助人情。美国飞行员出于意外来到了异国的小村庄,白皮肤的杰克和黄皮肤的克俭一家虽语言不通、国籍不同,但缔造了一段惺惺相惜的深厚感情。薛先生为了治好杰克苦思冥想、费尽心力;克俭娘对杰克的饮食起居样样上心,想方设法恢复他的健康;杰克不会吃鱼,克俭的姐姐思玉坐在阳光下把鱼刺一点点挑出,克俭娘做成了好吃的鱼丸;沈沉心思缜密,在保安旅开拔战场之前也要安顿好杰克安全,最后为了护送他返回营地英勇作战而亡。正是因为战争是残酷破碎的,这些人性、人情的纯善、纯良显得弥足珍贵。8岁主人公克俭和杰克浪漫相遇、兄弟情深,克俭年纪虽轻却肩负起保护英雄的重责,机智地与日本人周旋对抗,他虽然直至文末也未扛枪上战场、未萌发革命乐观主义精神,依旧是那个懵懂天真、机灵胆怯的小孩子,但内心热忱、韧性积极又何尝不是另一种意义上的小英雄特质呢?得益于这段救助美国飞行员的非凡经历,克俭和杰克彼此温暖、互为倚助地度过一段艰难岁月,他们成为彼此珍重、不可分割的生命组成部分。曾经拥有即为永恒,纯美之情自然而然地倾泻流淌,作者对真善美的赞咏在娓娓道来的日常生活琐碎描写中显得极富感染力和震撼力。

1944年是一个特别的历史时点。在中国抗日战争胜利的前夜,中国和美国组成联盟战线,中国共产党和国民党的斗争让步于家国大业。抗日战争期间,陈纳德将军曾带领美国飞行队员奔赴中国战场,组成著名的飞虎队。2000多名美国飞虎队员在无偿帮助中国取胜的过程中献出宝贵生命,而中国人民永远不会忘记在艰苦年代伸来的友谊之手。中国人民救助坠机生还的飞虎队员是有历史记载的,《白棉花》正是取材于这一史实，别出心裁地将中美友谊贯穿在童年历史经验的书写中，在回望抗日战争的"深渊"时藏有脉脉温情的诉说。国共两党的分歧在隐性叙事中模糊化处理，文中沈沉是国民党将领，出场不多却血肉饱满，他铁骨铮铮、思虑周全，守护百姓、奋勇抗敌，可见作者在塑造这个人物时将国家大义置于两党纷争之上，更着意描叙中国军人的钢铁意志，这也是其历史大情怀、大视野的一种超然体现。当然，《白棉花》中也有激烈残暴的战争场景描写。沈沉的保安旅和日本小分队在乡村打了一夜的仗，克俭跟随着薛先生去探望伤兵，只见"血腥味冲鼻""重伤员不绝于耳的哭喊和呻吟"，这些在战争上最常见到的画面仍令克俭感到极为惨烈和惊恐。一个追花姑娘的日本兵误入克俭家中，被大伙齐心杀死。"暗杀日本兵"这一片段描写并不可怕忧郁，反而有种大快人心之感。伤痛、死亡与战争如影随形，但文中并未过度渲染铺陈，而是选择正视面对，符合儿童的阅读接受心理。

《白棉花》将平凡普通的小少年与抗日战争的大环境结合，使这一代人的生命体验驶入了广阔深邃的历史长空。天上飘下一朵白棉花，从此种入许多人心中。伤痕和暖情并存文中，儿童的心灵成长史跃然纸上。黄蓓佳式之于抗日战争内敛丰沛的回顾书写走向，毫无疑问是中国式抗战题材儿童小说的审美面向之一，使之在表现童年的历史维度中显露深沉和质朴，展示高洁不凡的异禀殊华。

第八节 胶东大地上的一道红色光影

——张吉宙《孩子剧团》

1937 年,注定不平凡的"孩子剧团"诞生于硝烟弥漫的上海。歌剧、话剧、舞蹈、曲艺,这些宝藏儿童身怀绝技,以多姿多样的文艺演出形式活跃在抗日战争的第一线。茅盾先生曾深切地赞美孩子剧团是"抗日战争血泊中产生的一朵奇花",这朵花灿烂盛放在中国大地的各个角落,当然也包括侠义豪爽、善战骁勇的齐鲁燕赵。儿童文学作家张吉宙的《孩子剧团》正是以山东胶东地区这支特殊的团体为灵感原型创作,透过剧团小演员们的视野,聚焦在如歌如泣的烽火岁月,铺陈一段段牺牲与成长并重的珍贵画卷。

《孩子剧团》的主人公是胶东大庙村一个 11 岁的男孩十月,曾经当过村里的儿童团长。高团长带队的孩子剧团村里巡演时,十月结交了唱歌好听的苏月、担当朗诵和报幕的小雪、饰演日本鬼子的铁孩、小画家王广等人。十月被孩子剧团演出时的高涨气势感染,觉得每个孩子身上都绽放着耐人寻味的独特魅力,便一心想着加入他们。夜晚,近郊八路军和日本人枪战的声音传到村子里,孩子剧团紧急转移,十月虽然惦记奶奶,还是带着大家躲进了树林里。天亮后,十月随着孩子剧团东奔西走,经过大庙村、石洼村,来到了山上。十月和小雪去摘樱桃遇到了鬼子,他俩急中生智藏在巨石凿空的小屋里。日本军人四处扫荡,孩子剧团的团员们孤悬敌后作战,常常风餐露宿、食不果腹,十月在艰苦环境中迅速成长起来,经过智斗伪军、采摘桑葚、巧擒奸细等一系列事件,成为孩子剧团的正式团员。孩子剧团走到哪个村,就在哪个村演出,并根据抗日斗争的需要不断推出新的节目:歌曲、舞蹈、快板书、活报剧、话剧,甚至拜当地民间艺人为师,成立一支秧歌队。不仅如此,孩子们还帮当地百姓做豆面灯,鼓舞着人们的抗战士气,并配合八路军武装许司令团结"反战同盟会",对敌人发动"地雷战""黄金争夺战"等，为胶东抗战胜利做出巨大贡献。有一次，当孩子们看到一个被满目桃花映得红彤彤的村庄时，兴致勃勃地冲向村口，却遇到了一队鬼子骑兵，小雪在掩护十月时被残暴的鬼子杀死，十月的心里埋下更多仇恨的种子……

　　"孩子剧团"这一概念引入儿童小说并不是首次出现，在二十世纪五六十年代的中国儿童文学红色经典中，陈模在《奇花》中讲述了一个上海著名的孩子剧团从成立到解散一路走来的艰难旅程。胶东孩子剧团在历史上真实存在过：1940年春天，山东招远县以胶东青联少先队为基础成立了胶东孩子剧团，王顾明任团长。剧团深入敌后抗日根据地，通过歌唱、演剧等文艺汇演形式积极参战，成为一支铁血有力的抗日劲旅。《孩子剧团》中的小团员来自贫苦人家，最大的不过16岁，他们年纪小小就饱尝了国破家亡的惨痛，被迫提前早熟、早慧，在中国共产党的精心护佑和教育下，个个都是本领强、觉悟高、独当一面的小英雄。剧团来到十月村庄时，小演员们被十月拉去奶奶家住宿吃饭，团员们在灯下脱光衣服，身上长了很多虱子。铁娃打趣十月这下不敢加入剧团了吧，坦言道"好多人身上还长疥疮呢！我们没日没夜地战斗在敌后，经常穿插在敌人的封锁区和火线之下，条件很艰苦。"十月却表示："我连鬼子都不怕，还怕虱子"可见，这些小演员面对的危险和困境不比任何一个拿枪上阵的战士少，他们不惧风雨，时刻准备，最大限度地发挥手中文艺武器的能量。如同在大庙村一样，他们走进成百上千个村庄，走街串巷，贴标语、画板报、演出，用明媚的童心照亮灰色的生活，为人们带去短暂的放松和长久的希望，像迎风招展的一棵棵坚韧小树，顽强地站立在时代的风雨中。

　　孩子剧团来到十月村庄时，演出剧目《黄河大合唱》展现了文艺直指人心的澎湃之力，在锣鼓和唢呐的齐鸣下，剧团小演员们齐声合唱："风在吼，马在叫，黄河在咆哮，黄河在咆哮！……保卫家乡！保卫黄河！保卫华北！保卫全中国！"歌声此起彼伏，群情激奋，台下的百姓无论男女老少都在鼓掌呐喊。这群小兵在敌后筑成一道文艺联线，为百姓们创造难得的宁静快乐，也激励百姓们为自由而挽手抗击。十月被吸引入队后，同团员们克服紧张的生活条件和敌人的封锁袭击，一路演戏，一路歌唱，一路斗争，不断锻炼，成长为一名合格优秀的小战士。十月是数万剧团孩子的缩影,以弱小稚嫩之肩扛起文艺救国之重,是一枝浸润着血雨腥风的荆棘之花。

作家张吉宙另辟蹊径,为这群特殊的文艺小演员画像,那些牢牢镶刻在革命史册的儿童在故事里栩栩如生,音容笑貌在那段欢笑与泪水交织的岁月中一如从前。《孩子剧团》在真实、感人、生动的事迹中发掘英雄剧团的精神力量,弘扬纷飞战火年代里激情燃烧的人生情怀,让当今少年读者了解有无数的前辈先烈,在如桃花般盛放的时节做出了与年龄不符的巨大努力和牺牲。那一道闪耀在胶东大地上诠释"忠诚坚定、同仇敌忾、无私奉献"名为"胶东少年"的红色光影,从历史中走来,穿越时光长廊,为读者描绘出一条赓续精神血脉的回乡路径,让我们有理由相信"江山代有才人出","无畏险路,勇往直前"的奋斗气概会一直在英雄的故土上重生。

第二章
中青年作家：突破与新见

    进入新世纪后，"70"后"80"后中青年作家逐渐成为助推中国抗战题材儿童文学创作的中流砥柱。中青年作家成长于改革开放后全球一体化语境下，他们对战争的想象和认知多源于文献资料与实地考察，因此，倾向于在个体化、日常化叙事中"反思历史"。本章以7位中青年作家的作品为代表展开分析，以期研判中国抗战题材儿童小说的艺术维度与发展方向。

    李秋沅的《木棉·流年》和蒋殊的《红星杨》以木棉花、五星杨这类植物意象承载抗日勇士的革命意志，文风娟秀却豪情万丈；殷健灵的《1937·少年夏之秋》和李东华的《少年的荣耀》将镜头对准不同寻常的少年成长，描摹中国少年在历史创伤中如何一步步变得坚韧积极、不可战胜；左昡的《纸飞机》将战争带来的苦痛赤裸裸地展露出来，但重庆大后方人民间互相帮助、共渡难关的乐观精神却是穿越黑暗封锁的一道光；赖尔的《我和爷爷是战友》邀请读者来一场热血穿越之旅，对历史真实与技法创新之间的平衡进行有益摸索，而邵榕晗的《狮王》则将文化传承与抗日行动相结合，通篇洋溢着对中华文化的由衷自豪与热爱。

第一节　中国少年面对苦难的力量与荣耀

——李东华《少年的荣耀》

反法西斯主题作品《少年的荣耀》由希望出版社首次出版于 2014 年 3 月，在当年获中宣部第十三届精神文明建设"五个一工程"奖、山西省第十一届精神文明建设"五个一工程"特别奖、并入榜"2014 中国好书"，成为入榜的 3 种少儿图书之一。2021 年，《少年的荣耀》被收入由长江少年儿童出版社组编的《百年百部中国儿童文学经典书系》，再次出版。作者李东华曾任《人民文学》副主编，现任鲁迅文学院副院长，是一位实力派的儿童文学作家、评论家。

著名儿童文学作家曹文轩曾评价李东华的故事蕴含着特殊的气味，这一特征使她的作品自带别样芬芳。这部潜心五年之作是李东华献给父亲的礼物，她在代序《父亲的河流》中写道："父亲的童年正是在抗日战争这个最困苦的时期度过的，然而在他的回忆里，那些蕴藏在民间的生机勃勃的生命力，那些诙谐、风趣、随遇而安但面对侵略者决不屈服的平凡的中国人，让我产生了想回到那段历史现场的冲动"。父辈的生活经历催发故事的诞生，人物原型来自沉默、真实、苦难的中国大地，成为李东华转向写实主义深度创作的标志。

故事发生在 1939 年的大木吉镇，这一年的小年，主人公沙良和沙吉两兄弟跟随着父母跟跟跄跄地加入了逃难队伍，日本人占领了这里。沙家是大木吉镇上的大户人家，沙良的父亲排行老二，沙吉的父亲排行老三。沙吉父亲过世得早，母亲沙柳氏把体弱多病的小沙吉当成心头肉疼爱，然而沙柳氏被日本兵看上了，她坚决不从被汉奸潘子厚杀害。沙良偷偷从被日本人烧毁的学校拿回了沙吉心心念念的小锡枪时，认识了潘子厚的儿子潘清宝。沙良和沙吉、潘清宝同在临时学堂真武庙上学，潘清宝目中无人、仗势豪横，和沙良在一次次吵架、打架中成为仇人。在一次潘清宝挑衅沙良时，一位卖油大哥出手相助，没想到这位大哥枪杀了一个日本鬼子，被潘清宝诬告二人相熟。沙良和沙吉只得被加入抗日组织的沙慧姐姐一路相送到日本兵还没打到的汪子洼村太姥姥家。在汪子洼村,沙良和沙吉度过了一段愉快的田园时光,和玩伴阿山、阿河、三水从树上往河里跳水、偷潘老爹的杏子、玩鸟、吃瓜、骑马、捕蟹……沙良在这里认识了守墓人潘老爹和阿在,原来潘老爹是潘子厚的父亲,阿在是潘子厚的女儿。沙良怀疑潘老爹和阿在居心叵测,谁料潘老爹为掩护受伤的中国士兵死在了日本人和汉奸手上,好在八路军队长设计擒拿了潘子厚,解了众人心头之恨……

书中在抗日战争大背景下,设置了"大木吉镇"和"汪子洼村"两个基本空间。大木吉镇被日本人侵占后,失学失亲,沙良和沙吉的生活一度被阴影和恐惧支配,而来到汪子洼村,孩童被压抑的爱玩爱闹天性得以施展,过上了本该一直如此、无忧无虑的童年生活。当战争的魔爪还是伸向了汪子洼村,这块精神意义上的世外桃源也成为血洗之地。战争不会因为稚子年幼无辜而轻易放过,他们通常还会首当其冲成为受难者。历史的苦难、人性的罪恶不该也不会被遗忘,那些在中国儿童稚嫩懵懂心底留下的深深痕迹,应该被看见、被抚慰和被反思。

书中塑造的汉奸潘子厚,年幼时曾受过沙家救命之恩,但此人非但不感怀情谊,反而恩将仇报,上演一出"农夫与蛇"的戏码,在年仅4岁正在发烧的沙吉面前将他母亲枪杀。在所有人都以为沙吉失去这段记忆时,不承想仇恨的种子在他内心深藏,任凭生根发芽、枝繁叶茂,文至结尾,沙吉朝潘子厚举起了小锡枪时,这份沉重的、隐秘的恨意才被彻底揭示、袒露出来,达到触目惊心的震撼效果。书中写道:"这个男孩有着凌厉的比枪口更为空洞的眼神,他打响了他手中的枪,他用想象中的子弹,一共射出了两枚,一枚射向潘子厚的心脏,一枚射向潘子厚的脖子",沙吉挣脱黑暗桎梏,完成了"酝酿已久"的复仇。庆幸的是,童心容纳恩怨,却也孕育友爱、仁义、坚强,沙吉与潘子厚女儿阿在的情谊超越成人世界定义的爱仇纠葛,像一朵洁白真挚的野曼青花开在伤疤累累的土地上,温柔地疗愈着被战火灼伤的儿童心灵。

《少年的荣耀》刻画了战时中国普通少年的群像,12岁男孩沙良和他的小伙伴们沙吉、阿在、阿山、阿河、三水个性各异,他们刻在骨子里的坚毅雄健、对家园的保护、对生命的热爱是相连共通的。这群中国少年，本该躺在母亲温暖怀中，做着五彩斑斓的无忧美梦，却被战争梦魇无情地卷入苦楚深渊。正如沙良，一个富裕人家的公子哥，生性善良、无所畏惧，却被汉奸潘子厚和儿子潘清宝逼迫逃难，他避无可避地与饥饿、恐慌、疼痛相遇。这条成长之路布满苦涩的石子，却已将沙良的身心磨砺得坚韧、纯粹和刚强，他不再是任性自私，需要父母护佑的孩子，而成为能积极面对磨难，保护家人、朋友的中国少年。书中每一位少年身上，都能照见一种战时人生，他们共同筑就一道战争中不屈不挠、不破不灭的中国少年精神防线，彰显着独属于中国人民永为蓄力、超越一切的少年力量和荣耀。

普通少年之于战争境遇复杂而独特的生命体验，最能反映出某种历史的真相。作者擅长在诗意的乡土中国里塑造矛盾冲突的场景，在多人物、多线条的复调叙事中推进少年成长的主线，在对人性、历史、苦难的观照和超越中，完成了对中国少年人格特征的深度描摹，展现出抗日战争时期中国少年的珍贵信念与澎湃担当。《少年的荣耀》以其厚重严肃的文学品质屹立新时期抗战儿童小说之林，其传递的精神内质有助于培养当今少年勇于进取、奋发图强、淳朴果敢的正确世界观和价值观，为小读者们指明一条积极人生的前进方向。

第二节　镜像之影照见自我之姿

——殷健灵《1937·少年夏之秋》

殷健灵是中国第五代儿童文学作家标杆,其数年创作获得诸多奖项,为助推中国儿童文学发展交上一份诚意满满的答卷,比如陈伯吹国际儿童文学奖、冰心图书奖大奖、2013年度和2014年度国际林格伦纪念奖提名、第十届全国儿童文学奖等。殷健灵以诗意、美好、婉约、细腻的文风著称,引领那些惴惴不安的年轻人穿过成长巷道来到光明彼岸。在纯情忧伤的文字背后,我们看到了少女内心的迷茫、孤独、自救和惊喜等复杂情绪,是作者出于性别本位给予女性的生命关爱。但从殷健灵于2009年出版的《1937·少年夏之秋》中,我们看到她不仅爱护女孩,男孩在特殊年代中的成长阵痛也是其关注点之一,由此,作者饱含哲思与温情的笔触探向具体生命情境与心灵谜语交织更为完整而丰富的少年世界。

故事发生在1937年8月的上海。12岁的夏之秋生活在一个富裕优渥的家庭,他有一个可爱的4岁妹妹夏之冰。这一天,天气非常热,父母带着夏之冰去上海"大世界"看电影,为此夏之秋有些赌气没有和他们说再见。没想到,这一天日本人的飞机在"大世界"附近丢了炸弹,夏之秋从此失去了父母和妹妹。葬礼过后,成为孤儿的夏之秋过继到未谋面的舅舅家。舅舅和舅妈带着表弟惠明住进了他家,一切都变得陌生,好在佣人阿香还在身边。舅舅舅妈吸食大烟,没过多久就败光家底,他们把夏之秋送往一个叫普仁中学的寄宿学校。阿香在送别夏之秋后辞职去往乡下。普仁中学是一所条件艰苦的慈善学校,这里饭食简陋、衣物朴素,还有一所夜晚常传出奇怪声音的神秘教堂。夏之秋给自己的好朋友凯生写信,得知他父亲死后,他搬到了亲戚家借住。教国文的温先生刻薄,在上课不久后被一位金陵女大毕业的苏老师替代。苏先生柔和亲切,讲课有趣,同学们都非常喜欢她。苏先生将自己弟弟的衣服送给夏之秋,夏之秋从她身上看到了家人的影子。不久后,苏先生的弟弟被杀害,她也在上课时被人抓走,自此在大家眼前消失。同学世杭和菠萝头侦察教堂发现儒雅的校长赵伯威有一个重大秘密,原来旧教堂被做成了日本人现成的杀人处所。舅舅、舅妈只在夏天看过夏之秋一次后再没出现,佣人阿香也曾带着香糕和茴香豆来此探望。本以为回家会是遥遥无期的事情,在一个平常的下午,夏之秋正和世航、菠萝头几人和高年级小团伙因为争抢篮球打架,却被一阵喧哗声打断。赵校长被人暗杀装在一具黑色棺材中,光天化日下摆在了教堂门口。敞开的教堂里隐约可见刑具。普仁中学就此解散,被收留的孤儿重新流浪街头,而14岁的夏之秋重新回到了自己的家迈尔西爱路百花巷。夏之秋时常想念父母和妹妹,有一次做梦梦到妹妹没有死,又碰到一个算命先生说自己还有手足,燃起了他的希望。夏之秋将自己对妹妹的思念告诉了佣人阿香,阿香回忆起曾有个叫傅全的男人在轰炸后打听他们家情况。高额赌债引发了舅舅、舅妈打架,舅妈成了植物人,而舅舅进了监狱,夏之秋扛起了这个家庭重担,谋到了一份临时邮差的工作。莲芝、蔓芝及其他房客自觉涨了房租,将夏之秋当作一个管事的大人。夏之秋在不小心弄丢工作后,继续和凯生寻找妹妹和苏老师的计划,打听到傅全曾在济华堂做伙计,和老板产生分歧后自己开了药铺。夏之秋找到了傅全和常先生开的药铺童泰堂当起了伙计一心学医,常先生也将医学知识慢慢传授予他。在一次给傅全送老板食物时,夏之秋遇到了傅全的好友根宝,得知了那年傅全捡到了自己的妹妹,把她卖给了苏州的一户有钱人家,原来自己的妹妹还活着。舅舅刑满释放后,舅妈身体也渐渐好起来,这个家终于像点样子了。不久后,夏之秋找到了自己的老同学世杭,世杭此时已被一位好心的洋人麦克雷收留,在他的公寓做仆人。麦克雷答应夏之秋找到了妹妹下落。马上就可以见到妹妹了,这一晚夏之秋怀着忐忑期待的心情入睡……

《1937·少年夏之秋》中存在大量的镜子意象,作家通过镜子映照现实的功能印证着少年夏之秋的成长历程。比如,在第一章《变故》中镜子意象第一次出现,"我记得,当时我靠在进门那里的穿衣镜旁边,故意不看他们。但我还是从镜子里面,看见爸爸和妈妈,牵着妹妹的手,匆匆忙忙从我身后走过去的背影"。这里将夏之秋怄气和渴望的心态展现出来,他对父母只带妹妹观看电影虽有着天真的任性羡慕,却也希望能和家人时刻待在一起。从这时起，"镜子"便成为夏之秋封印亲情的处所，镜中世界是安放曾经美好的空间。在父母死在日本飞机制造的大惨案后，夏之秋常站在镜子面前发呆，他看到"爸爸在它面前整理完衣装出门，妈妈也是，做了新衣服，都要在镜子前面照半天。妹妹更加臭美，一天至少三次对着它做出各种表情自我陶醉"。对家人的回忆和思念席卷了夏之秋，他靠着镜子里的幻想保留着抵抗残酷现实的温情。舅舅、舅妈领养夏之秋后成为房子的新主人，而门口的镜子也比过去照出更多进进出出的人影。镜子挤进不同人的身影，象征着夏之秋平淡安逸的小世界被喧嚣和复杂破坏，他开启了无奈波折的蜕变。进入寄宿学校后，夏之秋遇到了思想进步、为人和善的苏先生，他注意到楼道拐角的穿衣镜中自己发生的变化——"神情严肃，长高不少，却比原来瘦了一些"。此时的夏之秋处在自我矛盾怀疑的敏感阶段，他感到不喜欢自己的长相和举止，不希望任何人看见在镜子面前停留。家中再一次变故后，夏之秋扛起照顾舅妈和弟弟的责任，他特意穿上了父亲留下的灰色阴丹士林布长衫站在镜子前，心中暗暗下定决心。圆满的童年生活随风烟去，夏之秋在苏老师的消失、舅舅的堕落中反复追寻着对于"善恶""责任"与"逃避"的抉择与叩问，最终在"镜中之我"和"镜前之我"的对峙比较中，从懦弱茫然到自卑动摇再到成熟独立，其成长自照巧妙蕴含过程之中，个体在纷繁乱世中完成对"自我之姿"的凝视与确认。

殷健灵的《1937·少年夏之秋》以1937年淞沪会战为历史切口，却跳脱出传统战争书写的宏大框架，转而聚焦于少年夏之秋在创伤中的精神成长。作者在对夏之秋形象塑造时将少年的精神气度融入女孩的纤柔与男孩的粗犷，这是一种刚中带柔、柔中显刚的双性气质，也是一种圆融友善、饱满健康的艺术气质，更是一种积极的生命扩容。小说通过细腻的人物塑造、非线性的叙事结构以及克制的诗性语言，构建了一个兼具历史厚重感与个体生命力的文本世界。这部作品不仅是对儿童文学叙事边界的突破，更以独特的审美品格完成了对战争、人性与救赎的深刻追问。

第三节　赤瓣浓须英雄心　昂首枝头笑春风

——李秋沅《木棉·流年》

　　盛放在南方城市街头的木棉花,红硕热烈,惊艳世人。高大挺拔的木棉树,血色鲜艳的木棉花,在文学作品中常以英雄符号出现,被赋予了光明磊落、顽强无畏的性格特质。福建籍作家李秋沅以自己魂牵梦绕的故土"鼓浪屿"为原型,发表了唯美、旧式、沉默、温情、坚韧为叙事风格的"木棉岛"系列小说。以"木棉岛"小说为契机,李秋沅的文字逐渐转向了"旧日时光低语的旖旎"和"精神贵族式的精致华美"审美格调,奇异鲜亮,大获成功。2013年,"木棉岛"系列中的《木棉·流年》荣获第九届全国优秀儿童文学奖,此书得到评委"新版《城南旧事》"的一致好评。

　　《木棉·流年》以小主人公阿宁的叙事视角,以轻慢的语速讲述了几段发生在木棉岛上的故事,这是属于一个家族抗战史的"城南旧事"。故事发生在二十世纪三四十年代日本大肆侵华时期。主人公阿宁的父亲是医生,他们所在的李庄犯了鼠疫,父亲行医时不幸染病。阿宁的父母将阿宁交给了家里的福嫂,福嫂将阿宁带到了海门井巷。阿宁心系父母安危,每日郁郁寡欢。福嫂的儿子阿贵在放牛时摘了一堆藤条,为阿宁编了一个小箩筐。汉奸冯兴荣的儿子阿宝抢了小箩筐,他不小心磕在了石头上头破血流,临走前威胁阿贵要让他付出代价。阿贵被冯兴荣手下打死,福嫂受到刺激发了疯,阿宁每天也会被福叔的梦话惊醒。终于有一天,福叔把5岁的阿宁送去了番仔园的番婆处,自己暗杀冯兴荣后藏了起来。番婆是木棉岛布店老板的续弦,布店老板病死后,番婆孤零零地守在番仔园已经十几载。番婆和林姊对阿宁很好。阿宁跟着番婆拜访亲戚时误入梅园,结识了素衣白面的梅雪姨。梅雪姨国外学医归来一直未婚,在圣心医院救死扶伤,和理查医生情意相合。但梅雪姨碍于父亲意愿和催促,最后嫁给了国民军官欧阳卓。欧阳卓在"一·二八淞沪抗战"中带领十九路军作战英勇,蒋介石让欧阳卓放弃抗日转向剿共,欧阳卓反而加入共产党发动"闽变"。蒋军平叛抓住了欧阳卓,梅雪没有反抗和逃跑,而是选择和他并肩站立,直至被俘。一位喜欢吹箫的日本人租下了梅园旁边的映月楼。阿宁崴脚意外碰到了这位神秘的日本人,两人成为朋友。番婆和周先生怀疑这位日本先生收购了唐氏藏书楼的 20 册《永乐大典》。面对林婶的阻挠和诘问,日本先生承认自己是唐家后人,名叫唐明泽,并表达了自己是中国人的坚定立场。唐明泽是日本人和唐家小姐静菊的孩子,他此次是作为日本特派员的身份前来窃书。唐明泽切腹自尽,保护阿海,暗中将唐家藏书珍品共 32 册《永乐大典》归还,也一笔勾销了唐家与藤田家的恩怨情仇。学画的博文叔叔留学回来,将自己关在暖房的画室里日夜作画。阿宁从林婶处得知这幅画《骊歌》上的女人是番仔洪的女儿茉莉,阿宁在暖房找到了茉莉留下的一本日记还给博文。茉莉为保护博文而死,而这次博文回国就是为了血债血还,他加入了救国委员会。月华是阿宁的同桌,两个人感情甚笃。月华的妈妈去世后,她被舅舅收养。舅妈总是无端虐待、打骂月华,没多久她就不上学了。在上女中那年,阿宁与月华相逢,此时的月华已经在好几家做过帮佣,从莫家到了陈家园伺候生病的四姨太。四姨太与月华是旧相识,四姨太本是爱笑的姑娘,嫁到陈家被规矩束缚逐渐发了呆,人也日益消瘦、精神颓废,四姨太将自己的贴己给了月华,说让她善待自己。没多久,阿宁正巧看见月华的舅妈打骂她,月华挣脱说要去和四姨太告个别,没想到从后门偷偷逃走,自此消失了。番仔园的常客很多,爱好丹青的周先生夫妇,画友莫老三,音乐家蔡先生等。日本人上岛以后,人们的生活一日不如一日。番婆常令林婶抱着字画换取米粮。蔡先生和莫老三因抗日言论被日本人杀死。阿宁发现每次周先生来家,家里的瓷器字画会少很多,但并没换回来吃食。一日,在伪维持会会长陆老板来家后,番婆摔坏了家里珍贵的青瓷,令林婶立刻带着阿宁离开……在尾章,十年后,重返木棉岛的阿宁看到梅园已变了样。一位姑娘正在为游客们讲解番仔园女主人的抗日事迹和周先生组织的《血魂团》成员名单,阿宁不由得泪流满面……

《木棉·流年》由《离乡》《梅雪》《菊隐》《雅歌》《月华》《茗香》六章组成,独立成篇,内核相通,勾缀成一整段在木棉岛上绵延刻骨、起起落落的抗日历史回放。文章语言精美、典雅清新,低眉微语诉说之处含有脉脉无限深情。木棉岛情景优美，文本以多种意象、类比、修饰为载体突出美感，比如文中描写木棉花"木棉将花枝高高地擎向湛蓝湛蓝的天，犹如呕出心血，情深意长地向遥远的天空奉献出不可及的拥抱，执迷不悟"，木棉花傲立枝头，血气方刚，生动形象。人物沉静温柔，梅菊风骨，具有中国古典美特质，比如番婆、梅雪、茉莉、唐明泽、周先生等人，待人以礼、文质彬彬、淡泊明志，对待孩子阿宁是耐心细致、循循善诱的，而对待侵占国土的日本人却展现"宁为玉碎，不为瓦全"的壮烈气魄。木棉一树火红尽显不凡气质，守卫故土的番婆等人又何尝不是一朵朵独立坚韧、生命力旺盛的英雄花呢？朵朵殷红，火花迸溅，作者借用木棉英雄花的形象对抗日战争中这群无畏战士表达由衷的敬意和赞美。

《木棉·流年》以孩童阿宁的视角观察描述着在"木棉岛"上抗战时期不同人物故事的迭出和命运的走向。作者李秋沅采用了第一人称和第三人称叙事方式，在复合式的叙事视角中铺陈着含泪微笑的美学效果。这里采用的第一人称视角是"儿童视角"，贴近儿童经验书写，挖掘儿童的情感世界，能以最纯粹、最本真的样态还原观察历史现场。但我们必须意识到在儿童历史小说的写作中其实有"两个儿童的存在"，一个是"现实生活中的儿童"，另一个是"成人的意识形态中的儿童"，作者的主观情感和叙事策略隐藏在第三人称叙事中，成为暗暗左右文本发展的成人声音。在文本中，日本人的铁骑踏上了木棉岛，摧毁了世外桃源一般的番仔园，这里的人或多或少被卷入战争的漩涡。梅园里常有医生和战士出入，阿宁看到理查医生给病人做手术场景："血不断地从那人腿部渗出""待我睁眼时，那一摊黑红的腐肉已滑落他的腿，他那紧咬着布条的嘴抽搐得变了形，喉里发出如兽般的啊啊声。"这一场景可怖血腥，阿宁"漠然地看着大人忙碌着"，这一刻她似乎触摸到死亡近在咫尺，直到"手脚冰凉，头疼欲裂，鼻腔里的呼气沉沉"。受到惊吓的阿宁高烧卧床半月，她无法确定，"我是否真到过了梅园，也许，那只是一场梦？"作者抓住儿童敏感脆弱的心理，再现了肮脏暴力的战争世界，绘声绘色描写了儿童面对这一非常态生活场景下的害怕胆战、无所依附，是内心丰富感知和独特生命体验的精确阐释。儿童视角是一种有限视角，它对事件的全貌存在一定的遮蔽，第三人称叙述在儿童视角认知空缺处进行填补说明，比如介绍博文的抗日事业"1925年上海'五卅'惨案,各地组织外交后援会,博文是海门后援会的总干事,发起了对日籍商行的罢工罢市……"再如澄清唐明泽以命相付,"日本占领海门后,对中国珍贵书画觊觎已久的总领事村上长秀又提起唐氏藏书之事。"又以未来阿宁的语言缓缓道出当年真相"唐氏藏书的最后归宿是从报上得知的,明泽以自己的性命为代价,信守誓言,将藏书真品调包,归还唐家。"视角交叉,互为补充,最终将历史本来面目呈现于纷扰之上,还唐明泽堂堂正正的身份,可见,唐明泽虽是日籍华人,但对中国一直抱有深沉如一的爱意。

作者李秋沅在构建"木棉岛"故事时,格调雅致,结构散文化,如真似幻,影影绰绰,值得读者反复咀嚼。通过重现鼓浪屿被日军占领后的民族受难史,渲染这些铁骨铮铮的民族英雄事迹,作者为儿童们展示了舍生取义、捍卫正义的民族精神,希冀唤醒青少年"吾辈当自强"的深刻觉悟。

第四节　红星照耀下"别样"的小英雄

——蒋殊《红星杨》

一直致力于红色革命题材创作的山西作家蒋殊，于《沁源1942》《重回1937》等报告文学后，在成人英雄形象塑造方面积累了丰富经验，在2022年由长江文艺出版社推出第一部长篇儿童文学作品《红星杨》。《红星杨》讲述了在抗日战争时期的杨林村，农村少年杨留贝和他的小伙伴柳笛、红叶、小麦四位小英雄保卫红星杨的故事。作品延续了作者蒋殊善于讲述英雄故事、描写人性细节的特点，具有感染人心的力量。

《红星杨》中小英雄的战场不是冲锋陷阵的前线，而是大后方一个叫杨林的小村庄。杨林村地处偏僻，岁月静好，几经繁衍，不到50户人家。他们在一片密不透风的杨树林守护中，紧紧抱成一团。主人公杨留贝、红叶和柳笛在日军入侵前过着平静、安宁的生活。但山雨欲来风满楼，1941年秋天的一场大风有些诡异、神秘，田螺一样的杨林沟圆鼓鼓的身体里灌满了风，而且正朝着村庄倾倒，让三个伙伴看着无比惊心。杨留贝、红叶和柳笛在杨林沟里玩耍，看到被柳笛爹射下的鹰，挖了一个洞体面地将它埋葬。在他们搭喜鹊窝时，发现杨树枝折断，截面清晰地呈现着两个五角星。三个小伙伴决定要"扫"遍杨林沟所有杨树，看有几棵"五星杨"。这一天，正当他们在杨林沟时，看到日本人把一个小女孩掷下沟，好在小女孩挂在了酸枣枝上，逃过了一劫。留贝认女孩做妹妹，将她带回了家，原来女孩是邻村的，名叫王小麦。留贝受公鸡相斗的启发，偷偷将红墨水带到树林，将杨树枝里的五角星染红成了"红五星"，又和小伙伴们悄悄地将村里墙上盖满了红五星。墙上红五星如愿引起村里大人的关注，可他们有惊喜，也夹杂着恐慌，令孩子们十分不解。杨留贝去树林时，遇到了受伤的余晖叔叔和老王，他们拿出了一项红五星图案的帽子，让留贝的父亲杨大路热泪盈眶。日本人来到了杨林村，盘问村人余晖和老王的下落，放羊的二铁以为日本人抢走他的羊群，死在日本人刀下。杨留贝自告奋勇承认墙上的红星是他画的,父亲杨大路为了保护儿子挺身而出,被敌人杀害。一年一度的戏班子唱戏,全村人都闭门不出,只有留贝爷爷从头听到尾,末了喟叹一句:"哪一仗不伤咱杨家的人!"日本人再次来村,红叶和留贝娘都被杀害。留贝爷爷将留贝爹娘用树枝围成五角星图案圈起了坟头。日本人第三次来村时,村人们没有了恐惧,像有准备一样坦然应对。日本人为了找出红星杨,威逼柳笛和留贝说出真相,遭到柳笛和留贝爷爷以死捍卫,最终烧油点火屠杀村人,却没想到自己也逃不出火海,只有留贝和小麦躲在洞里劫后余生……

1941年文章开篇这里的风并非闲笔,而是充满象征寓意,指不怀好意的破坏者来势汹汹、无法阻挡。几千棵团结的杨树抵不住强风的袭击,连片片黄叶都积极参战,在杨林沟上空与风"扭打起来"。开篇这一场声势浩大的"战斗",像极人与人之间的对抗搏斗,也暗示了即将到来的血雨腥风,而杨留贝爷爷不经意间吟诵的《杨家将》的唱词,则奠定了全书"满门忠烈"悲剧感和灾难感的基调。

《红星杨》尊崇儿童本位观点,从天真烂漫、调皮可爱的儿童性格入手,给予人物成长更多人文关怀。杨留贝和柳笛会爬到树上看喜鹊搭窝,两个男孩子"像猴子一样嗖嗖往上蹿",红叶躺在厚厚的黄叶上等待;说是看喜鹊窝,但柳笛却无视拦了自己的喜鹊窝,只顾向上攀爬,这是男孩子之间相互较劲的小比赛;在看到翱翔在蓝天的鹰被打落后,三个儿童将它体面地下葬,"将大鸟像一位老人一样,郑重放入墓穴"。这些生活细节丰富了人物的形象特征,遵循儿童亲近自然、乐观稚气的天性,使人物形象更具有真实感。

小主人公们最初是善良稚嫩、自由无忧的,他们听爷爷讲故事,穿梭在森林中探险,偷藏被猎枪击中的大鸟,直到意外发现了"五星杨"。书中这样描写少年们惊喜的心情:"原来杨树枝里藏着五角星呀。"可杨留贝发现,并不是每一棵树里都藏有五角星,于是秘密的"扫沟"行动开始了。此时,"五星杨"还不是红色的,直到杨留贝和柳笛斗公鸡时偶然发现,血的红色可以染到灰白的树皮上,才决定用红色墨水染"五星杨",成为真正的"红星杨"。小主人公并非一开始就具备鲜明的革命意识,仅仅是对杨树林中藏着五角星感到新奇有趣,从而展开了一次游戏搜寻,但将五星杨用血一样的颜色染红后，他们逐渐感觉到红五星蕴含的深层次的意义，从留贝想起父亲用神圣的姿势将红五星印章按在纸上，到满墙涂满的红五星引发村里人的讨论，再到余晖叔叔的红军帽，主人公开始参与到抵御侵略的抗日战争中，他们由最初的稚嫩懵懂生发出一种英勇无畏的战斗姿态。此时，红星触发了儿童的成长按钮，成为神圣的、崇高的、值得为之付出生命的一种精神引领。

　　杨留贝等人生在极端动荡的战争年代，他们身上具备坚强勇敢、为革命奉献生命的英雄主义精神，虽然对于红星杨的意蕴一知半解，但仍心怀敬仰。他们是再弱势不过的平民儿童，懵懂又脆弱。在小说中，日寇来到杨林村追查红星的情况，红叶不幸落入他们手中。红叶面对老奸巨猾的敌人时没有丝毫的防范意识，她为了不暴露杨树里的红五星脱口而出："红星，红星……在帽子上呀……"这时趴在树上观望的杨留贝、柳笛和小麦松了一口气，本以为逃过一劫，谁料落入更大的困境，红星帽引发了汉奸更大的兴趣，他紧抓红叶开始逼问，红叶放声大哭起来"疼——啊——娘——"红叶毕竟是个战斗经验不足的小姑娘，面对穷凶极恶的敌人感到恐惧和无助，这是在战场上遭遇危险时最真实的孩童状态。这时，红叶发现日寇头子川崎身后正是他们正在搜寻的红星杨，她内心充满了保护秘密、放手一搏的勇气，转头开始奔跑起来，想吸引敌人们的注意力，没想到"她的身子不由自己控制了。"书中是这样描写红叶牺牲的："身穿大红色夹袄的红叶，一瞬间成了一朵火红火红的花。"红是血的颜色，是红五星的颜色，也是烈士的颜色，作者在红叶的描写中倾注了爱与悲悯，诗性唯美的描绘将红叶英勇就义的场景呈现在读者面前，令人心痛。《红星杨》并不回避战争造成的伤害，因为牺牲与革命同在，胜利是用红色的鲜血换来的。因此，这种死亡的描述具有强烈的感染力。

　　抗日战争时期少年儿童的成长轨迹与和平年代的孩子们成长轨迹不同，他们在战火焚天、连年兵燹中迅速成熟，是生死存亡困境的亲历者。他们被迫早熟早慧，对人性有着深刻理解，在水与火、伤与痛中获得迈向成人世界的关键入场券。《红星杨》以杨留贝的视角作为第一叙述视角，读者大部分时间追随着杨留贝的目光看这个世界，看着他和小伙伴和象征着革命的"红星杨"结缘，在与日本人的抗争中获得快速成长。杨留贝是推动故事发展的关键人物,在小说的前半部分,他带领小伙伴们寻找红星杨,后半部分描写了他家祖孙三代和村里人一起,与日本人抗争的故事。因此,杨留贝见证了整个村子的沦陷过程,目睹好友红叶、柳笛、父亲、爷爷等人为守护革命秘密献出生命,他经受战争的残酷考验,在磨难中走向真正意义上的成熟,一步步从天真烂漫的少年成长为可亲可敬的小战士,遵循"天真—受挫—顿悟—长大成人"的成长模式,走向抗日之路,实现了自我成长。

作为一个社会性存在,儿童个体的成长不可能独立完成,必须依靠那些处于他生命周遭中他人的实质性帮助。成人形象的必要衬托凸显了小英雄的个性魅力,使得人物特征饱满而丰富。《红星杨》中,作者蒋殊刻画了一些引领儿童成长的成人形象,他们或是默默无闻的爱国民众,或是身经百战的抗日军人,如喜欢唱戏的杨留贝爷爷、身为地下党的杨留贝爸爸、戴着五角星帽的余晖叔叔、被日本人打伤的战士老王。在与他们的交往中,儿童逐渐认清敌人的面目,理解战争的真相,学习了宝贵的人生经验。杨留贝等人趁着天黑在村子外墙上盖满红五星,使村里大人心头刮过一阵红色革命的风浪,然而对于入侵的敌人而言,这面红墙是碍眼的存在,是需要铲除的对象。地下党杨大路为了保护儿子挺身而出,他大义凛然地承认红五星的存在"是我一个人的理想和信仰!","理想"和"信仰"令村人疑惑,令日本人颤抖,彰显着成人英雄顽强不屈的意志。

杨大路牺牲后,全村人都闭门不出,只留杨留贝爷爷一人在戏场里听戏。表面波澜不惊的爷爷,内心却是汹涌奔腾的,那一句黑夜里的嘶吼:"穿破了铁甲无数身,创江山出来争乾坤,哪一仗不伤咱杨家的人!"何尝不是痛失爱子的泣血之言,更是对来犯日寇发出的不屈不挠、绝不退缩的宣言。日本人再次进村子里发难,用钢锯锯红星杨这一幕颇具戏剧性,他们大声嘲笑保佑杨林村的红星杨"不堪一击",但没想到用锯条锯到一寸深,刀便断掉,如此反复几次都未将树如愿砍倒。此时的红星杨化身为抗御外辱、庇护百姓的铜墙铁壁,成为村里人永不倒下的精神信念。杨留贝爷爷拼尽全力守护红星杨,浑身是血,他喃喃自语"人会死,树不会",令读者动容。杨留贝爷爷是具有民族气节的老一辈村民代表,他虽已年迈,但敢于抗争,无畏死亡,不惧怕敌人的威慑,同共产党人杨大路一样,成为鼓舞儿童勇毅前行的榜样和表率。小英雄的存活意味着红色力量生生不息。杨留贝作为杨林村唯一的幸存者,继承了爷爷和父亲的英雄主义精神,成为一名年轻的共产党人,展现了一家三代的血性风骨和家国情怀。

回顾百年党史,革命的火种曾遍布山西境内,太行精神、吕梁精神等红色精神成为山西人薪火相传、取之不竭的精神源泉。《红星杨》中杨林村的原型在山西太行山沿线的革命老区武乡,这里也是八路军总部驻扎过的地方。那里流传着红星杨的故事,朱德司令曾将一枚红色五星帽徽和一棵杨树一起栽入土中,神奇的是,那株杨树的细枝横截面从此有了五角星式的图案。作者蒋殊敏锐地发掘了红星杨这一红色符号的象征意义,以红星杨生长的武乡为地域背景,创作了这本《红星杨》。小说创作与真实的地域文化产生奇妙的化学反应,生发出了贴近记忆、风俗、习惯的小说故事和人物模型,使得文学化表达更为亲切真实,颇为"接地气"。

在后现代语境下,少年儿童易迷失在解构经典、颠覆英雄的浮躁喧嚣中,因此,我们需要"小英雄"的回归,阅读、学习这些立意正的优秀红色儿童文学十分重要,这将有助于培育儿童艰苦奋斗、坚强勇敢、勇于承担的优秀品质,弘扬崇高的英雄主义精神。蒋殊将自己人生经验和阅历融入个性化的文学表达中,在历史与人文的观照中建构儿童精神谱系,创作出融合儿童本性与英雄情怀于一体的红色儿童小说《红星杨》,为新时期抗战题材儿童小说人物画廊增添许多生动鲜明的形象,努力帮助中国少年儿童扣好人生最关键的"第一粒扣子"。

第五节　青春热血穿越之旅

——赖尔《我和爷爷是战友》

近年来,红色历史题材创作已成为广大作家承担使命职责的自觉追求,以"简短化""口语化""生活化"为主要特点的网络文学与严肃考究的传统文学生发奇妙的化学反应,探索型抗战题材的作品应时而生。80后女作家赖尔以抗战时期皖南新四军为背景创作了长篇儿童小说《我和爷爷是战友》,荣获第十二届福建省委宣传部精神文明建设"五个一工程"奖贡献奖,入选原国家新闻出版广电总局、中国作家协会推荐的"2017年优秀网络文学原创作品"。《我和爷爷是战友》是中国第一部"穿越＋抗战"题材的作品,也是一次比较成功的红色主题创新范例。

作品的主人公是南京市一名普通的高三学生李扬帆,平日的爱好是打游戏、看动漫。这一天,学校要组织春游参观烈士陵园,李扬帆和朋友大胖儿抱怨没意思,下课后就去网吧玩游戏。李扬帆从网吧出来碰见了同班同学林晓哲,他是个循规蹈矩、埋头苦读的尖子生,两个人不小心踩在道边的窨井盖子摔了进去。爬出井口他们发现来到了1938年。身穿蓝灰色军装救人的这名青年正是新四军的一名战士周水生,他给了李扬帆和林晓哲一把糙米,两人无法下咽。为了存活,李扬帆和林晓哲参加了新四军第一支队第一团四连三班,结识了哑巴班长叶大地、脾气特暴的"狐狸"罗广胡、跟"狐狸"同乡的林江、小班长周水生、方言口音重的庄稼汉赵万、顶着个筐子的教书先生孙兴业、给人算命自称"半仙"的吴建。李扬帆和林晓哲跟着部队行军,全身骨头跟散架一样,林晓哲一直在背诵《蜀道难》来撑下去。行军队伍休息时,李扬帆和林晓哲分到了糙米糊糊,听首长训话时犯困睡着,被强调纪律的李勇排长一顿教训。李勇排长让孙兴业摘下头顶的筐子,露出了自己被日本铁骑践踏不成样子的脸,李扬帆心里泛酸。大部队向苏南挺进,长得挺张扬的郑勇郎和电视剧里"小萝卜头"形象差不多的小鬼阿牛加入了队伍。一团接近镇江时,四连执行伏

新世纪中国抗战题材儿童小说发展与作品赏析

击任务炸了日军车辆。第一次上战场的李扬帆只觉得耳朵眼里都是枪声，怎么都迈不开腿，认识到这是真枪实弹会死人的地方，而不是好莱坞电影。林晓哲抱着头拼命背诵《蜀道难》，裤裆下面湿了一片。李扬帆拉着林晓哲冲进人堆打算滥竽充数，没想到看到无数的尸体，空气里弥漫着血腥味。李扬帆脑子一片空白，而林晓哲呕吐不停。孙兴业牺牲了，张海涛连长称这次是江南首场胜利战役，即韦岗伏击战。夜晚，李扬帆和林晓哲偷跑回韦岗，遇到了周水生和吴建，几人一起将孙兴业的遗体掩埋了。不久，本地人余大京和壮汉赵元加入三班。周水生因为埋尸体时被李扬帆砍伤了脚得破伤风死了。当兵以后第二场战是剿匪，李扬帆怀着对周水生的愧疚冲在最前线，腰部中枪失去知觉。等李扬帆清醒时，发现自己被一个宰猪的农夫朱东救了，他带着朱东给的竹筒饭和咸肉寻找队伍。李扬帆顺利找到了部队，将咸肉分给了三班战友。天亮后，排长下达了日军逼近溧阳，部队坚守阵地的命令，三班接到的任务是筑防工事。新来的队友王大山冲锋陷阵，炸了敌人的坦克，四连成功完成了防御任务。林晓哲和小鬼阿牛约定打完仗回家，在阿牛不小心放火烧了干草违规军纪后，林晓哲挡在阿牛面前接受了队伍交通线上日本鬼子的任务，死在了前线。战事再起，李扬帆替林晓哲遵守起与阿牛的承诺，教他认字，保护安全，先后失去了李勇排长、林江、赵元等战友，自己升成了二排排长。1940年，李扬帆进入这个时代已经两年。李扬帆跟着江副团长上山拉拢土匪头子魏一刀，遇到了国民党将领于啸海抢人。李扬帆晓之以理说动了魏一刀，江副团长将石山土匪入伍问题交给了他。由于顺利说服石山土匪团结抗日，李扬帆被提拔成了副连长。1940年10月，四连接受了抗击日军扫荡皖南的任务，李扬帆和阿牛守在正面战壕时，阿牛被枪击中，李扬帆伤痛欲绝被吴建一枪砸晕。四连经过激战，挡住了日本鬼子的第二波攻击。上级命令四连追击日军并炸毁飞机场，四连死伤惨重完成了任务。1941年，新四军军部进入安徽泾县茂林地区，遇到了国民党军队的包围和袭击，皖南事变打响了，李扬帆牺牲在了战场上。李扬帆清醒过来发现自己在考场上，林晓哲和他一样也在考试，两个人都盯着考卷一言不发，最后交了白卷。从考场出来，李扬帆和林晓哲去了网吧，查了自己所经历的战役和战友们的情况。李扬帆没有参加高考，决定当兵，林晓哲因没有通过部队审核，最终参加了高考。李扬帆发现当时的战友罗广胡原来是自己的姨爷爷，两人去了北京。李扬帆不由自主地叫出了"狐狸"的绰号，老人家情绪激动，心肌梗塞送去医院抢救。再后来，李扬帆和林晓哲去了南陵，在那为战友烧了纸币。辉煌的胜利已成过往，他们的征途才刚刚开始……

《我和爷爷是战友》题材新颖、构思精巧，用当今少年儿童喜闻乐见的叙述形式在抗战领域实现了创新性表达，可谓凤毛麟角，诚意十足。小说的主人公李扬帆是二十一世纪的一名高中生，正处于解构经典、颠覆英雄的后现代主义时期，他自以为是、装帅耍酷，有一些小聪明，却也瞧不起别人，平日里最爱的就是动漫和游戏。因某一次意外事件，李扬帆这个差生和好学生林晓哲跌入井中，来到了战火纷飞的1938年。李扬帆和林晓哲初入新四军的目标不纯，仅仅是想在动荡年代有口饭吃，绝不是出于保家救国的责任意识。初上战场，李扬帆头脑空白，只想逃跑，而书呆子林晓哲闭眼默念高考内容《蜀道难》。在经历了战友的死亡后，两人逐渐认识到刚熟悉热络的人可以转瞬被战争吞噬，目睹这个时代命如草芥、身世浮萍的残酷黑暗，意识到这绝不是他们无事可做、只等毕业的平安时代，这种顿悟为他们的跨越式成长打开了大门。战友们嬉笑怒骂的声音仿佛还在耳畔，却在每一次战争后都面临战友的牺牲，李扬帆在不断地失去和分离中激发内心的斗志，点燃对侵略者的满腔愤怒。从怯懦到坚韧，从无助到无畏，李扬帆的生活观念、价值取向、意志品格在1938年新四军的行军中发生蜕变。火与痛的洗礼焚烧了玩世不恭的外壳，同仇敌忾、奋勇向前的精神气喷涌而出，一扫李扬帆平日放荡不羁的模样，生发出新的人格特征，这才是深埋在华夏民族血液里的真正能量。

《我和爷爷是战友》并没有走向网络小说大开"金手指"，一味满足"爽感"的通病，李扬帆和林晓哲都是从战地上牺牲之后回到现实生活，此时的他们灵魂已然升级，成为能经受得住任何考验的老兵。这部作品实现了"穿越＋抗战"元素的破圈融合，打开红色历史与当代少年儿童情感互通的窗口，使得年轻人容易产生强烈的心理认同和共鸣，找到对抗焦虑和浮躁的安心之处。

第六节　一座不死的城　一束不灭的光
——左昡《纸飞机》

　　将时钟向后调拨 86 年,将目光挪移于中国西南边陲——山城重庆,这座抗日战争时期的陪都在弥天大雾中缓缓现出身影。它曾是全中国瞩目的中心,也曾是侵略来犯者的眼中钉,它以不破不败的姿态屹立于世间,庇护了数十万人。80 后重庆籍作家左昡,熟知重庆的山形地貌、街头小巷、风情民俗、一木一花、一饮一食以及重庆人的性格特质、俚语俗言,便将浓郁鲜活的地域文化与严肃深沉的抗战主题相结合,于 2017 年创作出版了《纸飞机》这本儿童小说。

　　故事开始于 1938 年本是明媚晴朗的春天。小女孩金兰和妹妹金云随着哥哥柏明去珊瑚坝放风筝、去中央公园参加游园会,日子惬意舒适。在陪外婆去朝天门卖茶时,金兰发现很多逃难的下江人涌入重庆,而自己居住的曙光巷邻居们一直在更换。这一天,日本战机呼啸而来,重庆拉响了防空警报,搅乱了金兰平静的生活。妈妈忙慌慌地带着金兰和金云坐船前往乡下爷爷家暂住,但在河滩看到了前往重庆丢炸弹的日本飞机,决定返回重庆陪伴家人。金兰拜新来的邻居金如兰先生为师,学着认字写字。1939 年 5 月的第一天,金兰的“永”字还没有写完,日本飞机就来了。金先生带金兰潜入池塘水底逃过一劫,可妈妈和许多人一样都被炸弹“吃”了。金兰跟着师傅金先生搬到了长江对岸的汪山上,金云被送去舅舅家。金兰在汪山上一直在练字和治腿伤。不知不觉中时光来到了 1940 年。金兰被接回曙光巷,发现邻居焦妈妈和爸爸组成了新的家庭。这一年的夏天,日本轰炸次数越来越多,金兰每次都随家人躲进防空洞,等空袭过去回到曙光巷的废墟上找出能用的东西继续生活,而焦妈妈也生下妹妹小福。1941 年,金兰已经习惯了警报拉响、随着人流涌向防空洞的生活,也习惯了新的家庭成员焦妈妈和她的儿子焦小宝。金云和小宝两个人经常吵闹,哥哥柏明教会小宝练三绝腿功,成功转移他的注意力,却不承想小

第二章　中青年作家: 突破与新见

宝中了日本人投掷的细菌弹高烧昏迷。小宝病好后，柏明带金兰、金云和小宝去了五月都邮街的"食品救国展销会"，一边逛一边吃糖果，感觉到了久违的欢乐。6月，金兰迎来了最长的一次躲警报时间，在防空洞里从中午待到了晚上。就是这天，重庆的一个大防空洞十八梯大隧道出事了，爸爸闷死在隧道，金云双眼失明，小宝昏迷不醒。金兰和哥哥柏明流干了眼泪，在曙光巷口墙上写上了"愈炸愈强"的宣言。日子滑到了1942年，哥哥下河被淹死，小宝的亲爹找上门领走了他，金兰的堂哥青松投奔而来、去朝天门当起了棒棒。焦妈妈没有抛弃金兰姐妹，与金兰、金云、青松和小福组成了全新的家庭。家人们鼓励金兰开春上学，金兰带着妹妹们来到江边，将用红纸折成的飞机投向长江，那条总在失去家人时如噩梦般如影随形的黑金鱼也随着飞机消失不见。金兰对小福许下了日后没有日军飞机时，会带她放风筝的诺言……

　　战争之于人类是毁灭性的灾难。这一共识性认知是泛泛而谈的概念，而真正能使这句话刻入人心、感同身受则需要文学的感性介入。进入左眩的《纸飞机》，以"我"的孩童第一视角跟随着金兰观察日常生活，父亲的纵容、母亲的唠叨、哥哥的呵护、妹妹的撒娇，琐碎、温馨、平凡，司空见惯的烟火日常连绵成一种生活常貌，足以抵御黑暗和阴冷的来袭。作者将藏在记忆褶皱中那似曾相识的笑闹织入平实细腻的生活肌理中，轮番出场的金兰、金云、柏明等人年少美好的模样一如每个人的最初。正当曙光巷装满了和煦春风时，炸弹从天而降，嘶吼着吃掉亲近的家人朋友，瞬间将金兰猝不及防地推入地狱。书中对1939年"五三""五四"惨烈血腥的大轰炸有逼真细致的描绘："曙光巷的房子倒的倒，塌的塌，全都在燃烧，火焰在这些木板房子上疯狂地扭动、嘶吼……那可能前一秒还是个人，后一秒却被震成了几块，飞到树枝上，道路旁，塌墙下……"火焰野兽、灼人热浪、尸体碎片，这一近乎直白的描摹，展现了血肉模糊、暴虐残忍的死亡，以极为逼真的现场感冲击人心。废墟之上重建家园，正当平静的生活缝补着伤痕累累的灵魂，哪知无法预期的苦难再次砸下重锤。1941年"六五"隧道大惨案，金兰一家如遇灭顶之灾，在较场口"空气中的气味度变了。不是木头烧焦的味道，也不是闷热潮湿的味道，而是一股焦肉的味道。我们耳边的声音也变了，说话声越来越少，哭声越来越响亮——那一声声声嘶力竭的哭号，就好像一把把刺刀，把这个夏天的早上刺了个千疮百孔。堆成'井'字形、和山一样高的尸体，大人一堆，小孩儿一堆……"这样惨绝人寰的景象仿若亲历，在冷静现实的笔触中散发着鲜血刺鼻鸣泣的味道。金兰的妈妈、爸爸、金云接连遭受不测，极致的痛感不断突破界点，轮到撑起家庭的哥哥溺死在江里时"这个泡得发白的身体有一张浮肿变形的脸，好像是被捏皱了的馒头"，读者和金兰一样经受天塌地陷，只剩滚烫麻木的钝感炙烤内心。可以说，《纸飞机》是一出哀恸绝望的悲剧，上苍几乎灭绝了金兰珍视的全部，决绝力度之大，是同时期抗战题材儿童小说中的少有。

然而，《纸飞机》的立意不是把苦难揉皱撕裂给人看，而是在"不破不立"的巨大反差中树立起精神不倒的鲜明旗帜。比"死"更重要的是"活"，杀戮、仇恨无可规避，但如何在人性的真善美中疗愈人生更为紧要。敌人的钢铁飞机无法炸毁生命顽强的纸飞机。金兰及家人一次次被战争的残酷和生命的无情击倒，又一次次从废墟灰烬中涅槃重生。国难当头，山河凋零，而重庆人是如此坚韧乐观：空袭过后，回到家中，碎了一地的东西，只有两样东西一点没事儿，爸爸扬高声调说"有酒有泡菜，这日子就倒不了"；刚经历了丧父之痛，哥哥柏明和金兰手挽手，用鲜红的油漆一笔一画写下宣言"愈炸愈强"，自此威武不屈地挺立在巷口……金兰的家庭是千万个重庆家庭的缩影，萤火虫般个体微光终汇成整座城市的不灭能量，擦亮了奋勇前行之路。

书中多次出现"跑警报"场景，"跑"是匆忙却非"逃"的窘迫。重庆人习惯炸弹威胁的日常，只见他们从容不迫地分成几股向防空洞拥去，热闹的大街倏忽冷清。警报解除，除了消防队，其他人该说的说，该笑的笑，进商店、坐茶馆、压马路、看电影，大街恢复井然有序。日本人企图用频繁空袭震慑重庆人，却无法在精神上战胜他们。重庆人找到了和恐慌共存的生活方式，用强大的心理屏障牢牢筑起了守护城市的围墙。金兰每每从防空洞出来，曙光巷都是一片火海，邻居们相伴用竹筋、泥土和稻草帮着把捆绑房子搭起来，把散落在地上尚且能用的东西收拾起来，也许只是破鞋烂衣、缺口碗筷，或是几块红苕、一瓦清水，大家却有着闲淡自持的心情"我们也去江边，泡个脚再说！""江边去摆龙门阵！"当用淤泥砌了临时灶台,火锅辣椒、花椒的香味随着风传得老远,这群逃难的人完全不见落魄失意,就好像郊游一样享受着眼前美食。金兰看着面前滚滚向前流着的长江,想想被甩在脑后正在燃烧的曙光巷,心里有一种又空又满的感觉,心脏在其间用力地跳动。在"空"和"满"极具张力的拉扯中,以金兰为代表的普通重庆人心境跃然纸上,他们面对不计其数的失去,痛彻心扉过,悲凉失意过,可生活车轮仍在继续滚动,他们至情至性,蔑视灾祸,怜惜眼前,始终骄傲、始终明亮,拥有不输的信念和充沛的希望。

《纸飞机》在扎实考究的史料基础上,串联起 1938 年 10 月日军首次轰炸重庆市区、1939 年"五三""五四"大轰炸、1940 年"八一九"大轰炸、1941 年"六五"大隧道惨案和 1943 年 8 月日军最后一次轰炸重庆近郊这几个时间关键节点,以横跨整整 5 年的历史追忆,深情凝望和注视着重庆这座不死之城和擎起不灭之光的民众,是一部沉甸甸的现实主义儿童文学作品。翻开目录,首章"四季歌"开篇,经"山水歌""日月歌""天地歌",收结于尾章"四季歌"。作者匠心独运在题目中倾注人间大道,即山水无穷,日月变幻,天地有色,而四季终而复始,此间蕴含着只要人活着,一切都可以从头再来的终极人文情怀。金兰的小家庭一再经历"失去——重组"的辛酸曲折,又何尝不是如四季更迭变幻,正像枯木逢春必要迎来草长莺飞的一天,遵循着历史演进和自然发展的规律。

一架架纸飞机,飞过了离散和团聚的岁月,承载着创伤和未来。金兰最终练好的"永"字,诚如启蒙金老师所言"一个'永'字,却把中国字的大部分笔画都包含了",也如我们心中所念,"永"字概括了抗战时期中国大部分人物事迹,永不退缩、永远团结。通过《纸飞机》,我们看到了一个地区、一个民族、一个国家不弯不折的脊梁,那英雄的民众、英勇的重庆永远值得尊敬。这一阙唱给战时重庆的颂歌,无论何时唱响,都将是一剂提振下一代踔厉奋发、昂扬向上精神气的强心良方。

第七节　舞出中华精气神儿

——邵榕晗《狮王》

　　山东籍青年作家邵榕晗的《狮王》是以抗日战争为背景,融合非物质文化遗产北方舞狮元素,歌颂故土临沂人民在逆境中顽强不屈的精气神儿的作品,在形象塑造、语言风格与审美艺术上呈现较为独特的文学价值。

　　作品以男孩孟冬的第一人称视角进入叙事:"我"的爷爷年轻时是大名鼎鼎的"北狮王",舞狮这门技艺在孟家已经传承几百年。家里有一间屋子专门用来放舞狮的家什,每年过年,爷爷便会在锣鼓喧嚣中隆重登场演绎一番。爷爷舞的是"北狮",和南方憨态可掬的"南狮"不同,"北狮"看起来像是性情火爆泼辣的大狮子。爷爷最喜欢的是只有自己才能舞起来的,身子足有 5 米长、狮头 45 斤重的"托自太狮",这也是他被称为"北狮王"的原因。爷爷有 3 个儿子,可他们都不愿意继承舞狮技艺,大伯喜欢火车成为铁路工人,小叔从师范毕业后当起了教员,而"我"父亲却是个标准的懒蛋。在"我"很小的时候,爷爷就逼着练舞狮,为此吃尽苦头。10 岁那年,"我"舞狮已经有模有样,爷爷送了一个缩小版的"托自太狮"狮头给"我"。那是 1939 年的元月,爷爷奶奶盼着回家的大伯和小叔迟迟未归,一家人决定去往徐州避开日军扫荡。在逃亡路上遇到了飞机,"我"与爷爷奶奶、父亲走散,被路过的八路军收留。八路军的战士们精神抖擞、温和亲近,"我"给大家表演了舞狮受到欢迎。走了没多久,这支队伍与日军发生了遭遇战,"我"与小战士阿怀藏在土洞里,趁乱跑掉了。"我"遇到了做狮子头的手艺人方爷爷,发现方爷爷与爷爷是故交,那个"托自太狮"的狮头便是他做的。方爷爷技艺高超,能将狮子眼睛画得栩栩如生。好不容易来到徐州,"我"却从八路军战士小郭哥那得知大伯与其他铁路工人在为中国军队运送物资时被日本鬼子杀害的噩耗。"我"留在了八路军队伍,为了探测敌情与阿怀扮作农民小孩进入教日语的学校读书。"我"

和同桌牛岛成为好朋友,他送的一盘丝线正好补烂掉的小狮子头。牛岛是个日本人,阿怀对此耿耿于怀与"我"发生了争吵。大半年后,小郭哥找到了父亲贴的寻人启事,"我"终于与爷爷、父亲团聚,得知奶奶在逃亡路上染病去世。"我"与家人往南边出发时,车上的"托自太狮"被汉奸发现。汉奸意识到这是个献媚的绝好机会,威逼爷爷在驻守徐州日军头子田中的生日宴会上表演。到了这一天,爷爷站在台上义正词严地表示中国遭了天大的劫难,自己绝不是软骨头让狮王为敌人演出。一腔热血的爷爷被击毙,而父亲抱着"托自太狮"投入运河。"我"又回到了八路军队伍,经历过这么多事情,已经懂了舞狮不是舞一个头套,而是舞出精气神儿……

　　少年孟冬出生于北狮舞艺世家,他自幼被爷爷寄予厚望苦练功夫,可他常觉得这是一件难事。在抗日战争爆发后,经历过逃难离家、家人走散、随军寻亲、偶遇方爷、徐州噩耗、杀身成仁等一系列事件后,孟冬的个体生长与民族苦难达到深层共鸣共振,他开始自觉接纳和传承舞狮这门手艺。爷爷的以身殉国促使舞狮由家族技艺升华为民族精神的象征,舞狮代表的"精气神儿"也不仅仅是舞动狮子的神韵,更是人民群众在遭逢大难时舍身忘己、毫不退缩的精气神儿,是革命勇士昂首向前、成全大我的精气神儿,是中华民族生生不息、坚韧不屈的精气神儿。

　　邵榕晗是土生土长的山东人,她的老家临沂在沂蒙革命老区。在抗日战争时期,沂蒙老区有 420 万人口,有 120 万参战支前,20 万参军入伍,10 万英烈血洒疆场。出于对故土的深情与对英烈的敬仰,作者以工笔细致的写法刻画了沂蒙老区非物质文化遗产北狮的"形、神、韵",比如长相"狮头又圆又大,前额宽阔隆起,眼睛黑亮有神,张着血盆大口,全身披着金红的长毛,脖子上还挂着一圈能发出脆响的黄铜叮铛"而"扎马步如生根""腾跃似云中龙",既保留着手艺人言传身教的鲜活感和使命感,又以比喻的生动赋予这门宝贵独特的技艺以美学高度,足以看出中国人对文化的尊重和喜爱。文中的"舞狮"贯穿全文,守护舞狮便是守候中华文明与家国命运,非遗的保护与精神的传递紧密结合,形成"技艺即信仰"的叙事逻辑,而孟冬从懵懂拒绝的"被动舞狮"到坚决热烈的"以身护师"则暗喻中华文化的传承必会在危机灰烬中重生华彩。

邵榕晗的《狮王》以小人物见证大历史作为突破口,将非遗文化的守候融入抗战命题,故事曲折、语言优美,完成了对中华"精气神儿"的价值诠释。正如文末孟冬的自觉觉醒,北狮的英勇魂魄藏在我们每个中国人的血液中,等待着有一天惊人复苏并发出震天吼声。

下编

第三章
"烽火燎原"系列抗战题材儿童小说

　　2015 年是中国人民抗日战争暨世界反法西斯战争胜利 70 周年。回顾砥砺峥嵘的岁月,展现自信强大的国家,在"以史为鉴,开创未来"的初心使命驱使下,2014 年 4 月,由中央党史和文献研究院宣传教育局、北京师范大学中国儿童文学研究中心、长江少年儿童出版集团共同主办的"烽火燎原原创少年小说笔会"活动召开,8 位来自中国天南海北的资深儿童文学作家受邀参加。历经一年的调研、锻造和打磨,长江少年儿童出版适时推出精心组编"烽火燎原原创小说"系列书籍,即赵华的《魔血》、毛芦芦的《如菊如月》、肖显志的《天火》、毛云尔的《走出野人山》、汪玥含的《大地歌声》、张品成的《水巷口》、王巨成的《看你们往哪里跑》和牧铃的《少年战俘营》,8 本佳作以新颖独特之姿一同亮相出版市场。

　　8 部作品力图全面展现抗战的全民性、全国性与复杂性,完成历史真实与艺术真实的统一。有些作品覆盖了不同地区的抗日战役,比如《如菊如月》描写的是新四军衢州保卫战,《走出野人山》关注中国远征军在缅甸的奋战,而《大地歌声》呈现苏北战役中军民协作抗敌情谊。有些作品通过文学叙事艺术的创新,讲述不一样的英雄事迹,比如《天火》中的乞儿黄毛,由游手好闲转变为自发牺牲的觉醒者,乡镇里流传着他的灵魂仍在带领少年抗战的故事;《魔血》中以奇幻元素消解战争的非正义。王巨成《看你们往哪里跑》和牧铃《少年战俘营》聚焦了战时少年成长的复杂性,而张品成《水巷口》则另辟蹊径刻画了儿童抵制文化侵略的群像。

第一节　长生不老又如何　我以我血荐轩辕

——赵华《魔血》

　　宁夏少儿小说作者赵华的《魔血》以一桩奇人异事入手，讲述了在抗日救亡年代，在民族大义面前，坚强团结的中国人抛弃恩怨、共御国难的传奇故事。

　　《魔血》开篇即不俗：明朝简泉寺行脚僧人站存佛法造诣极深，在宝珠洞面壁独修。一日小僧来报方丈，站存法师要以舌尖鲜血誊写《华严经》80卷，众人听闻大骇，匆匆赶到洞中……若干年后，在成都一个偏远乡村，农民向此阳晚间发现来村探望村姑元元的男人是他年少时的师傅，而师傅的容颜竟与60年前一模一样，未见一丝衰老。向此阳怀疑师傅陈庆远多年行医，已获得长生不老药，向四川军阀刘湘告发了这个秘密。刘湘令人埋伏在元元家门口，果然等到了来给元元母子送银元的陈庆远。一心想与天齐寿，谋求宏远事业的刘湘以元元母子为要挟，陈庆远说出几十年如一日饮服宁夏中宁枸杞以保长生的秘法。而此时，日本人铁骑已踏入中原大地，全国拉响了上阵奋战的警报线，军阀刘湘令川军出省迎战。川军装备简陋，武器落后，牺牲惨烈，可气势不减，骁勇善战，是最英勇的一支抗日队伍，无愧于"草鞋兵"的称号。刘湘正准备奔赴前线，旧伤复发，弥留之际唤来被他软禁的陈庆远，才得知枸杞长寿的方子是骗他的，但刘湘已然放下纠葛，告诫陈庆远万万不能让长生不老的秘方落入日本人手中。陈庆远回忆遥远的过去，原来他保护的元元母子是太平天国时期翼王石达开的后代，而自己苦苦隐藏的秘密也不过是误入一个山洞，在那里一位圆寂的僧人舌尖血凝练成蛇飞入自己体内。陈庆远原名李青云，在那桩离奇事件后，他惊讶地发现自己几十年如一日，韶华如旧。为了保护家人，在这200多年间，他不得不隐姓埋名、四处躲藏。李青云凭借留给儿孙的玉佩找到了耳孙女，谁料向此阳把他出卖给了日本人。野心勃勃的日本人以耳孙女为要挟，逼他说出长寿的秘密，可李青云情愿咬舌自尽也不愿

新世纪中国抗战题材儿童小说发展与作品赏析

实话托出……故事尾章揭秘"舌尖血何以永生",原来是它们是血中之魔,是星际智慧生物,远行来到地球寻找移民机会,钻进了恰好途经此处僧人站存的体内,又从濒死的站存体内转移到了李青云身上,最后寄存到一条狗的血液里。这条狗咬死了害死李青云的日本人,而它也被村人打死,血魔自此彻底湮灭于人间……

《魔血》叙事扑朔迷离,情节曲折动人。以奇人李青云的人生事迹为纬线,埋下长生秘密伏笔,叙事在明朝、太平天国、抗日战争时期以及外太空时代反复横跳,犹如草蛇灰线,前后呼应,一层一层剥开真相的外壳,直到最后一刻揭露出乎意料却又合情合理的玄妙面目。外星人是少儿科幻作品中深受儿童喜爱的形象,往往以强大邪恶的力量者出现,"血魔"为了发展自身势力来到地球,并将自己的生命能量赋予到普通人身上,使之承受长寿苦甜,李青云和僧人站存是被选中的异人。但是"血魔"仅是一条暗线,甚至是不为人知的存在,故事的走向并非落入地球人与外星人大战的剧情窠臼,而是转向普通人获得超凡能力能否坚守本心,在敌我明枪暗斗风云中如何保守秘密的主题。在惊心动魄、引人入胜的情节发展中,主人公李青云面对不老不死的巨大诱惑仍能筑牢道德底线,以死殉国,体现作者对于人性的深刻洞察以及对于人类命运的深切思考。

在少儿科幻领域深耕的作者赵华,在《魔血》这本书中将擅长的科幻元素融入民族危难的宏大叙事,在历史与现实、科幻与写实上进行大胆且全新的尝试。李青云多年找寻自己的儿孙,以玉佩相认第九世耳孙女,又默默接济石达开的后人,明知有被识破的风险仍送去银两,以脉脉的无限温情打动着读者,为作品涂抹一道浓郁深沉的人文底色。书中无论是僧人站存、李青云这样的奇人,还是四川军阀刘湘、李青云的儿孙、拉二胡的瞎子,以及四川抗战的军人民众,大敌当前,一致对外,不惜牺牲"个人小我"熔铸于"国家大我"。

"长生不老又如何,我以我血荐轩辕",异人生命长青却在面临日本人威胁时毫不留恋这份奇迹。可见,真正传奇的是中华大地上有这样一群意志坚定、敢于抗争的英雄儿女,身体里镶刻着比魔血还要强大不朽的精神基因,他们无畏生命长短,只一心驱除鞑虏、恢复中华。《魔血》以特立独行的风格在当代抗战题材的儿童小说中突围,希望无论是儿童或是成人都能在其中寻求到打动自己的价值所在。

第二节　如月明朗　如菊顽强
——毛芦芦《如菊如月》

浙江籍儿童文学作家毛芦芦的作品《如菊如月》讲述了一位住在江南小城衢州的少女如菊在恬静幸福的日子中长大，日军铁骑踏入小城牵出了一桩离奇身世，如菊面对国家民族和个人情感交互的拉扯该何去何从的故事。

浙西古城衢州水亭街柴家巷任家弄郎中任杏福一家过着平安快乐的日子。任杏福的女儿如菊和小狗如月亲如姐妹，如菊常常把肉省下给如菊加餐，药铺老板戴如燕看到总是开如菊玩笑。如菊最好的朋友是打铁铺的小柴棒，两人曾在江边看见军人运送竹排要修机场。如菊上学时经过映秀桥，认识了住在矮屋里的女人采樵客，采樵客要教如菊下围棋，如菊拒绝了。如菊和爸爸任杏福聊起这个奇怪的女人，爸爸妈妈有些担忧采樵客无端示好，暗暗猜想采樵客是不是如菊的生母。原来，如菊是任杏福在钟楼底下捡回来的她，当时穿着一件白色的小和尚服，身边有一挂围棋子项链。一天，一个小个子山民背着受伤的外国人来找任杏福救治。戴如燕认出这个外国人是美国飞行员，想办法将他安全送回了营地。日本飞机开始轰炸衢州，炸弹把火车站装生猪的车厢炸毁，满车猪成了黑乎乎的烤猪肉。如菊的学校紧急疏散学生，如菊碰到一身俏丽打扮的采樵客，惊讶地发现她竟然欢欣鼓舞地等待日本人到来。逃警报的日子开始，妈妈把如菊打扮成一个小男孩，柴大爷却给小柴棒套上女孩的花衣裳，为了让孩子活命，一切都颠倒了。采樵客在映秀桥边翘首以盼日军，看到如菊塞给了一枚黑色围棋子，说是关键时刻可以保命。日本飞机投下鼠疫的包裹，恐怖的怪病蔓延了半个衢州城，如菊的爸爸、妈妈在治病救人时感染去世，留下信件交代了她的身世，如菊才知道采樵客是自己的生母。老柴棒打了五六十把镰刀，全交给了上阵杀敌的刘团长一行，戴如燕告知如菊和小柴棒自己的真实身份是共产党员，也离开了小镇前往前线。看到日本人来到镇上，采樵客梦游般地要去相认自己的日本情人，如菊声泪俱下地拦下她，两人相认。日本人围住采樵客和如菊要下杀手，采樵客用流利的日语和他们交谈，交代如菊是日本人孩子的事实。一个日本兵带来了如菊的生父，竟然是这队日本军人的队长，采樵客得以和情人相聚。但这个队长对中国人并不手下留情，不仅杀害了老柴棒，连小狗如月也死在他的刺刀下。队长要对如菊亲如弟弟的小柴棒下手，并拒绝了采樵客要求退兵的请求，如菊拉着小柴棒跳入江中。队长和采樵客受到刺激，也投入衢江。可如菊和小柴棒并没有死，而是被舅舅救上岸……

浙江衢州是一座历史文化悠久的府城。巍峨沧桑的古城墙，起于衢江之滨，始于汉唐，重修于明清。在抗日战争时期，衢州曾是浙江省少数未被占领的重要地区之一，并且曾在美国对日宣战之后，修建大量军用机场供美军使用。《如菊如月》注重以史料为基础，增加了小说叙说的可信度。作品中提到如菊父亲救治了一个美国人，这位美国飞行员正是从衢州机场飞往日本执行偷袭任务后返回坠落在山里。如菊一家热情地接待了这位飞行员，称他是打日本鬼子的英雄。在书中，如菊养父母和衢州很多百姓死于日军投放的鼠疫细菌，这一设定也和史实吻合。1940年到1942年，日军为了破坏衢州机场，打击中国军队力量，曾经施行两次违反道德伦理的细菌战，导致衢州各种疫情暴发，给军民带来巨大伤亡。在那个春天热烈扑向人间的季节，如菊深切地感到"由于日本鬼子的祸害，这人间已经完全变成苦涩泪海"，这毁灭性的痛苦曾席卷衢州大地，攫住每位丧失至亲的人民心脏。

蓝天碧水，黛瓦青墙，稻田飘香，芦花飞舞……热爱家乡的作家毛芦芦就地取材，不停地发掘衢州这座城市的抗战故事，在2年间创作7本抗战小说，不断输出对于革命历史的思考，对于当代青年的期冀，为当地地域文化建设贡献力量。《如菊如月》正是一部在衢州惊天动地抗战历史中孕育诞生的本土作品。如菊这么一个年幼天真的少女，身不由己被卷入战争的旋涡。她的身世特殊，养父母将她捧在手心娇生惯养，亲生父母是被拆散的中国女人和日本军人。养父母被日军投放的鼠疫害死，相爱的亲生父母终于得以相聚。如菊心里的天平究竟该偏向血缘亲情还是国家大义，个人命运与国家命运的交缠汇织成无以言表的宿命悲剧，这一极端矛盾的对立面使作品形成诉说张力。

战争没有胜利方，任何人都是受害者。如月明朗，如菊顽强，相信这是作家毛芦芦对当今青年寄予的厚望。

第三节　灵魂点燃的不灭真火

——肖显志《天火》

东北籍作家肖显志的《天火》是一本探索地域历史与深刻人性的儿童小说。

《天火》的主人公是东北棋杆镇的15岁乞儿——黄毛。黄毛和从河北寻亲来的疯美人串红姐住在一个破庙里，平日以乞讨为主。串红痛恨杀人放火的日本人，黄毛不懂其中含义，接受了日本人的战斗帽和汉奸朴大下巴为日本做事的任务。日本开拓团开进镇子，山下大佐给黄毛下达了任务，要请老秀才写宣传日本亲善政策的标语。老秀才可怜黄毛不得已给日本写了标语，朱翻译官看到老秀才研磨的金星石砚，艳羡不已起了心思。可刚写的亲日标语挂在旗杆上的第二天，内容就变成了"东三省各界联合会宣言"的反日标语。不仅如此，抗日标语也贴满了旗杆镇的大街小巷。气急败坏的山下大佐指使手下加紧捉拿罪魁祸首。黄毛的朋友二孩和开拓团的成员小鹿相交甚好，两人相约在馒头山山坡上打滑刺溜，日军误杀了小鹿。朴大下巴祸害了串红姐，黄毛一心报仇，央求老秀才写了一副对联，在朴大下巴祝寿这天偷偷将其和大门那对偷偷调换。山下大佐看到对联成了杜甫的《春望》，怀疑有人泄反满抗日之情，但不知是何人所为。清川奉山下之命破抗日标语案，想到了奖励能爬上旗杆人的方法，但众人口中能爬上去的黄毛胳膊折了，没有参加。清川让老秀才写隶书分辨字迹，老秀才写下了"后羿射日"讽刺日本人，清川命令黄毛拿着鞭子教训老秀才。这时，串红拦在了黄毛面前，清川对她起了色心，被咬下一只耳朵。可串红被清川一枪打死。山下听朱翻译官说老秀才有一方金星砚台和一支古箭，派人蹲守监视。黄毛听说此事，跑去老秀才家帮他藏宝物，地点就在破庙的神像肚子里。哪知黄毛被朴大下巴叫去谈话，中了调虎离山计，宝物被拿走了。幸亏老秀才识破山下诡计，没有把真的宝物交给黄毛。黄毛记恨日本人杀害了串红姐，和二孩在树林里练习用弹弓射击。二孩的爷爷养了一群鸽子，他令鸽子冲上天与日本飞机缠斗，鸽子损失惨重，飞机也掉落了一架。其实，二孩的爷爷武老爷子才是拥有"弈之矢"的人，山下一雄观看武老爷子的古画《后羿射日》，两人大谈上古神话，武老爷子引古论今令山下甘拜下风。山下派人暗中窃取古箭，武老爷子一怒而亡，而山下也死于不知被谁射出的箭。这一天，清川要把日本旗挂在旗杆上，老秀才被打得遍体鳞伤困在旗杆上。黄毛接受了挂旗的任务，他想起死去的串红姐，爬到了最高处并点燃了旗子。这下，票子、衣服和太阳旗一块烧着了，黄毛身上中了好多枪弹，身体冒着烟飘落下来……老秀才仿佛看到黄毛变成一团"天火"，火焰里的火神托着黄毛飞往天际，他自己离开旗杆镇，成了"神箭抗日义勇军"的军师。镇上的小嘎儿们编出赞颂黄毛的顺口溜，最离奇的是人们口耳相传说着黄毛没死，好多鬼子据点被什么"火狐别动队"烧了炮楼，那个领头的男孩长得和黄毛一模一样。故事的最后，清川在炸旗杆时被砸死，而二孩成为抗联连长，回到家乡将亲人们埋葬……

《天火》的故事框架极为简单：一个小镇、一根旗杆、一个男孩和一面日本旗。全书的矛盾中心和故事推展都围绕"挂旗"，小镇上的旗杆上本该挂上日本旗，却几次三番挂不上去，一夜之间变成抗日旗帜的"案件"。日军全力以赴侦破这桩离奇"案件"与男孩黄毛的成长并进。挂旗风波直到故事结尾都未揭晓谁是"反满抗日"的挂旗人，但这面旗帜的宣言才是旗杆镇的民心所向，殖民文化无论如何也走不上"台面"。在故事中，老秀才持有的名砚和武老爷子拥有的古箭是中华宝物，山下一雄企图盗取的行径卑鄙无耻，好在诡计也没得逞。这一情节的设定表明日本侵略者倒行逆施的文化掠夺行为天理不容，必将以失败告终。而我们华夏子孙流淌着血液里的文化自信是战斗的底气，这种刻在骨子里对文化的捍卫就是最强的堡垒屏障。

黄毛本是一个道德责任感低、爱玩爱闹、游手好闲甚至有些无赖的"弃儿"形象，他最开始对日本人言听计从，对镇里人抗日情绪毫无感知，为的就是一口饭、一种生计。此时的黄毛处于毫无社会约束力的"自我"真空状态，懵懂无知，甘于现状。但在满足基本生活欲求之后，黄毛开始感到周围人将他看成"小汉奸"的不自在，同时，平日对黄毛关照有加的老秀才因为手持稀有砚台不断被日本人逼迫威胁，乡亲们的土地被日本人抢占……直到与自己相依为命的串红姐被残忍杀害，黄毛的"自我"才在点滴改变中彻底觉醒。故事的最后，黄毛爬上旗杆点燃日本军旗，化作熊熊火焰与其同归于尽，此壮举完成了从混沌"本我"经迷惘"自我"向果断"超我"的蜕变升华。谜眼"天火"在结尾得到了解答，"天火"原来就是黄毛用灵魂点燃的不灭真火，这种热烈赤忱的火焰杜绝了日本军旗再次飘摇起来的可能。书中"旗杆镇的人们传说是黄毛的魂儿点的天火，小鬼子拿它没办法"以及街谈巷议"黄毛没死"，黄毛成立了"火狐别动队"到处领着男孩们炸鬼子炮楼。这样的传言神乎其神，愈演愈烈。尤其是当驻镇日军头目被燃烧的日本旗杆砸住，死得莫名其妙时，传言的可靠性更添一丝神秘。可见，"天火"不仅是黄毛的灵魂之火，更是整个东北整个中华大地抗日斗志觉醒的生命之火，这样的炙热能量将驱除鞑虏，所向披靡，具有深刻的象征意味。

黄毛这样一个"傻里透着智慧"的少年成长，其实也是整个民族由混沌未开到愤然醒悟的缩影。历史的真相往往藏在小人物的人性光芒中，正是这些毫不起眼甚至低到尘埃的卑微人物，在面对日本侵略者步步紧逼激发出的"真火"，才能在一瞬间攫住读者的心，"见微知著"地反映那段波澜鲜活的民族历史。不论日本侵略者是以温和的"怀柔政策"笼络民心，还是以暴虐的"卑劣齿牙"镇压民众，这段血腥残酷的战争真实地镶刻在中华大地的每一个角落，值得每一个人铭记。

第四节 "向死而生"的艰难跋涉

——毛云尔《走出野人山》

毛云尔的《走出野人山》列入"烽火燎原原创小说"系列之中。它以国民政府的中国远征军孤军奋战缅甸,败走野人山为历史背景,书写了儿童士兵小虾米一行二十多人穿越原始丛林、历经无法想象的磨难故事。

《走出野人山》的"引子"对故事的展开有着简明扼要的铺垫:"野人山山峦重叠,林莽如海,沼泽绵延,豺狼猛兽横行,蚊虫毒蛇让人防不胜防,瘴疠疟疾蔓延,被认为是一个十分危险的地方……"在如此危机四伏的环境中,中国远征军正在缅甸作战。主人公小虾米15岁,是掩护大部队撤退的军团里一名炊事班非战斗士兵。5月的这天,腊戌失守,日军发起了进攻。小虾米的表哥作为一团之长,下达了数次命令,日军还是以强大火力撕碎防御。小虾米被炸弹炸飞,恍惚间想起了日本飞机轰炸自己村庄,姐姐大辫子死亡的那天,自此他便坚定了报仇的信念,到昆明找到了表哥。小虾米醒后,发现士兵们已经坚守了五天五夜,大部队基本撤退成功。这支浩浩荡荡的远征军队用血肉之躯挡住了敌人的攻击,如今只剩下不到300人。战况愈演愈烈,日军将军团堵截在一个小山包,表哥被炮弹炸断了双腿。正当小虾米以为突围无望时,将士余子达出现了。余子达带领着20多人摆脱了敌人的追击,进入了芭蕉丛林。一行人遇到了一个掉队的远征军士兵,是小虾米熟悉的护士夏颖。惊慌失措的夏颖告诉大家,路边正在焚烧的汽车和烧焦的残骸是远征军部队里那些行动不便的伤员,为了不拖累大部队,他们选择了集体自焚。牛师傅辨认出自己的儿子后泣不成声,将一抔土壤揣入怀中。大家来不及悲伤,日军的追击已到。余子达安排肖排长领着大家前行,自己进行了有效狙击。余子达安慰大家按照大部队撤退路线走,10天一定能走出森林。陈眼镜等人在逃跑时丢掉了行军锅和粮食,还动了吃大马的心思,被大家拒绝。夜幕降临,疲惫不堪的众人沉沉睡去,夏颖的尖叫声把大家吵醒,她遇上了偷袭的怪兽。白天,大家遇到了英军遗弃的碉堡,补给了足够的粮食,但还是没有急需的药品。漫长的雨季拉开了序幕,一扫闷热难以呼吸的气候。雨季里蚂蟥肆虐,肖排长和吴刚用牛师傅的烟丝水熏走了钻入老马身体的蚂蟥。山洪暴发,大部队留下的小道淹没在洪流中。牛师傅和老马在过河时被水流吞噬。好不容易找到干爽山坡的众人度过了惊心动魄的一晚,晚间采药的战士廉小鹏消失了,而身受重伤的大个子也无法勉力行走。大个子不想成为累赘,自请留在原地。余子达带领着大家继续在丛林中走了3天。可第三天,他们绕回了原地,大个子已经被蚂蚁啃噬而亡。找不到出路,络腮胡子的士兵建议大家各奔前程。络腮胡子和8个士兵朝着来路走去,余子达则领着小虾米等人前行,没有食物的众人开始咀嚼芭蕉充饥。当走到一片热带雨林时,大家发现了色彩艳丽的果实,4个饥饿难耐的士兵津津有味地吃了果实,没想到此物有剧毒,很快,士兵们毒发身亡。余子达用牛皮鞋和皮带熬了一锅汤,在一棵大榕树上刻下了牺牲士兵的名字。吴刚找到了长势很旺的芋头,陈眼镜熬了一锅芋头汤,没想到吴刚喝了两口汤后中毒而亡。余子达终于找到了先前大部队的小径,但这条路上白骨森森,沿途的树叶也被吃光了。筋疲力尽的陈眼镜坐下以后再也没有起来。路遇食人族的窝棚,余子达摘取了2个干瘪的玉米给大家充饥。路上,余子达、肖排长、小虾米和夏颖,仅剩的4个人遇到了瘴气害死的士兵,也喝了被污染的河水。夏颖在拉肚子时,被一路跟随的怪兽掳走。清晨,伤痕累累的夏颖出现了,她看到自己暗恋已久的余子达时受到了刺激,跳入悬崖而亡。肖排长在赶走猴子时陷入沼泽。这支队伍只剩下余子达和小虾米,他们连站起来的力气都没了。一只山鼠偷袭虚弱的余子达,反成了他们微不足道的午餐。但余子达被山鼠咬过的地方开始溃烂,最终倒在了路边。小虾米打开余子达的怀表,发现他珍爱的女孩是自己的大辫子姐姐,这也是他一直拒绝夏颖的理由。带着大家的嘱托,小虾米继续沿路向前。8月的一天,奄奄一息的小虾米终于走出了这片原始森林……

　　“死亡”几近充斥着《走出野人山》整个故事。二十多人的远征军队伍从缅甸战场死里逃生后,怀揣着劫后喜悦,以为得到了暂时的庇护,却不承想进入魔鬼丛林后,尝遍这个地狱为他们设下的重重陷阱。野兽横行,瘴气弥漫,果蔬有毒,精疲力竭,在经历种种无法承受的身心摧残后,

第三章　"烽火燎原"系列抗战题材儿童小说

107

远征军士兵基本全都丧命于此，令人读之落泪。在结尾，只有 15 岁的主人公小虾米走出了原始丛林，不能不说，这是来自作者这一潜在叙述者的"仁慈"。本在灾难面前最为束手无策的儿童形象承载着作者的人道主义关怀，作为希望的隐喻寓言而存在。小虾米坚强、自由、善良，与一路走来的战友们相依相伴，抱团取暖，一定程度疗愈夏颖和余子达等成人无助痛苦的内心，感性细腻的书写赋予陷入死地的叙事走向以感人至深的艺术质地。在面对接连不断的失去和死亡时，小虾米在巨大的惊恐与悲伤中脱离出来，实现了自我成长。故事的最后，小虾米在"向死而生"的艰难跋涉后走出了原始森林，走向了"重生"的未来，彰显出蓬勃旺盛的生命欲望，寄寓着作品希冀远征军力量生生不息的理想主义美学色彩。

　　1942 年，10 万中国远征军开赴滇缅战场，英勇奋战，为人称誉。当日军攻占腊戍，中国军队被迫撤退。杜聿明率领第五军向野人山北上撤回云南，并要求新 38 师掩护大部队。故事中小虾米所在团部原型就是在温藻等地殿后，最终基本全军覆灭的 112 团。书中借士兵之口谴责指挥失策："已经坚守五天五夜了，还要守多久？""该死的，怎么还不下达撤退命令？"姗姗来迟的师部撤退命令来临时，整个军队正在遭受日军猛烈攻击，士兵们诅咒那些蠢猪一样的参谋，最后在战场上献出了年轻宝贵的生命。精锐部队第五军低估了野人山的严酷生态，在一无所知的情形下踏入了"绿色魔窟"，弹尽粮绝、军心涣散、疾病流行，致使饿殍遍野，尸骨累累，平均每天死亡 118 人，最后只有 2000 多人到达中国。整整三万多位民族英雄死于野人山，惨绝人寰，极其悲壮。唯一走出野人山的女兵刘桂英曾在回忆中表示"这里山吃人，水也吃人。"基于史实的虚构性作品《走出野人山》最大限度地还原了这段不堪回首的历史记忆，故事中每个人的死法各不相同，正是比照了真实的中国远征队士兵经历，而这些战士曾以坚毅的精神力征服过这片丛林。

　　《走出野人山》将人类的韧劲和脆弱渲染到极致，基本完整地将这段中国军事史上最为凄惨的史实呈现，情感的真实性与艺术的真实性达到了和谐统一。中国远征军走出绝望之地的举动证明了中国军人的强大无畏，这是最终战胜日寇的最佳精神佐证。穆旦曾为中国远征军作诗："你们的身体还挣扎着想要回返，而无名的野花已在头上开满。"读完这本书，我们将不仅记住小虾米代表的九死一生远征队战士,更将缅怀那 114 天中牺牲的每位将领战士,他们的英魂遗骨长埋深山,但他们不逊于任何一场残酷磨炼的战斗身影将永留世间。

第五节　少年梨园梦　戏曲传敌情

——汪玥含《大地歌声》

　　系列中的《大地歌声》出自儿童文学作家汪玥含之手,以苏北木央镇小戏痴王二嘎在当地淮剧班听戏,"毫不自知"充当了新四军情报员的经历为主线,展现了当地人民机智勇敢的抗日图景。

　　王二嘎是个小戏迷,但自木央镇被日军占领后,二嘎很久没有看淮剧了。这一天邻居小顺子找他去镇上看戏。二嘎来到剧班,结识了剧班成员丁岩大哥,丁岩大哥饰演《牙痕记》里的重要角色王金龙。第一出戏《牙痕记》故事曲折精彩,二嘎听得如痴如醉。许久未露面的哥哥大可回家了,他要求二嘎一五一十地将《牙痕记》讲清楚,不放过每一个细节,二嘎将听到的都复述给大可,并且加上了自己认真总结。第二日,日本人和小顺子的小五叔来搜家,原来前一日夜里,日本人的岗楼被炸了。二嘎想加入剧班唱戏,老板李叔没有立刻答应。第二出戏是《杨家将》的片段《荷塘搬兵》,二嘎对这出戏非常熟悉,他曾听钟校长讲解故事,也曾看过整本的书。二嘎回到家为大可惟妙惟肖地表演戏中故事,第二天听到了水里堡新四军和游击队配合歼灭日军的捷报。钟校长曾是驻木央镇日军军头大佐野治上级的老师,大佐让李老板的淮剧团排演《孟丽君》,请钟校长来看戏。在"认母"这一折戏,孟丽君的扮演者林芳芳演技极佳,被吸引的大佐连连称赞。林芳芳在后台休息时,两个日本兵进去骚扰,大佐惩罚了两个士兵,却在夜里将林芳芳掳走。林芳芳被杀害,淮剧戏班搬去了临近的木洞镇。二嘎和顺子气愤不过,悄悄在晚上点燃了日本人的房子。二嘎托小五叔的关系,顺利出了镇子,来到木洞镇听戏。第三出戏是《铡判官》,二嘎回到家依旧原封不动地讲给大可听。小五叔被大佐派去执行追击民先队的任务,没想到遇上伏击,日军基本被消灭。气急的大佐派兵杀害了二十多个没撤离的老百姓。二嘎的父亲王铁锤从家里的秘密通道前往木迁镇,准备打造一批九七步枪。日军的守卫严了,二嘎没法去木洞镇听戏,没想到丁岩亲自找上门给他讲了《官禁民灯》。晚上,大可按时出现了,二嘎和大哥相谈甚欢。第二天,洋口桥闪击战的消息就传遍了木央镇和木迁镇。小五叔的大哥马寿发便是执行这一秘密任务的人,但是他在过镇口时被大佐身边的伪军认出逮捕。小五叔看不下去大佐对马寿发的百般折磨,按照大哥的心愿枪杀了他。二嘎回到家中,吃惊地看到丁岩在等他,丁岩为二嘎讲演了新剧目《珍珠塔》。随后,二嘎将剧情细细转述给大可听。大佐清晨来到马寿发家,发现井里的密道,暴怒的大佐将小五叔、马老爷子和小顺子杀害,回到住处,却发现到处是腐烂发臭的死狗。死狗身上的蛆在日本人中引发瘟病,终于,奄奄一息的日本兵被新四军和游击队消灭。王二嘎和大哥、李老板、丁岩等人重逢,他不仅发现丁岩大哥原来是女生,而且知道自己无意扮演了传递情报的角色,每一场戏与新四军的突袭任务都有莫大的关系……

在抗日战争期间,中国军民付出了巨大的牺牲,无法确凿统计究竟有多少仁人志士、英雄豪杰投入抵御外寇的浪潮,大义凛然地面向刀尖,淌尽血泪护卫家园,携手筑成新的长城。但与此同时,令人屈辱且无法回避的是,足足有百万人数之多的中国人临阵倒戈、谋取私利,成为日本帝国主义侵略者的帮凶,是足以钉在耻辱柱上的叛国者。或许这些汉奸出于被人胁迫、保护家人和一些不得已为之的缘由,但如此庞大的汉奸数字,着实不容置疑,这在世界各国和各民族中都极为罕见。《大地歌声》中的小五叔正是当地汉奸头目,表面上看是日军的得力帮手,实则内心残存着人性的良知,这样的人物形象塑造突破了传统红色创作对于汉奸无恶不作、残害同胞的脸谱化、扁平化的刻板印象。小五叔会日语为日本人服务,却也为王二嘎开方便之门,尽力保护当地百姓,也在目睹日本人暴行时心怀厌恶,看到哥哥被日本人上刑痛不欲生,这样内心交织善恶观念的复杂人设丰富着对于汉奸的书写,更为贴近历史本身,有助于读者加深对于战争时期深邃人性的多维理解。

《大地歌声》的最大亮点在于将传统文化元素融入抗战书写,明线是小戏痴王二嘎观看淮剧剧目,暗线是新四军和游击队发起暗袭。一明一暗相互交织,形成对应循环,以此串联起整个故事。书中对《牙痕记》《杨家将》等多部经典淮剧的介绍引人入胜,戏剧内容与抗战思想、任务命令环环相扣,使小读者在揣测其中真意时仿若观摩了危机四伏、跌宕波折的现实戏码。淮剧这一艺术样式为小说的一波三折注入了全新活力,更为深刻地展现当地人民顽强不屈的战斗意识,与小说的抗战主题形成互文,使其在新时期抗战题材的长篇儿童小说中具备独一无二的魅力。

第六节　坚守原地的老街小巷

——评张品成《水巷口》

在红色题材领域可谓驾轻就熟，曾以革命历史小说《天字号秘密》获全国优秀儿童文学奖的张品成，以抗日战争时期的海南为背景创作了《水巷口》。《水巷口》将目光投向了日本侵华的第二战场——文化领域，以少年潘庆在水巷口读书上学经历为线，书写了中国人民抵抗思想渗透的努力，成为本书吸引读者的一大亮点。

在日本人船舶停在海岸的这天，祖父为了不绝家中香火，决定将子弟送往海南岛的不同地方，于是召集潘庆兄弟五个拈纸团。潘庆拈中的是外公家待的海口水巷口。潘庆五兄弟随母亲去水巷口过小年，可日本人趁着节庆登陆澄迈进攻海口。父母在外公家住了几天就走，潘庆喜欢海口，也喜欢大舅的笑脸，留在了这里。大舅亲日，小舅仇日，两人一见面就吵架。潘庆去上学，很快就不喜欢新学校了。在这里，学生每天进校门要给日本太阳旗行礼，给校长和贵客行大礼。学校督学有一个是台湾人，却什么都照着日本人的样子做，被潘庆起名为沙皮。同学谭浩飞家里卖凉茶，日本人最高指挥官太田奉汤佟常去谭家喝茶。潘庆最喜欢上的是生物课，老师原田志乃常带同学们去野外上课，也在课堂上删繁就简让大家观察毛毛虫蜕变蝴蝶的过程。潘庆和同学们除了原田，还仰慕一个叫牧野的日本督学，他身上莫名的精气神吸引着同学们。潘庆的朋友马起方父亲被日本人杀害，他也下落不明。原田带着同学们去红树林野外调查，护送的日本人随意向平民开枪，潘庆和同学们吓坏了，原田为此和老同学太田奉汤佟发生争吵。马起方再次出现在学校时候，做了牧野的干儿子，他对潘庆说要为家人报仇。潘庆同学林苍有家中药铺和谭家凉茶铺一样，都是军官太田奉汤佟经常光顾的地方。林苍有曾教同学们练习云浮掌。学校不让抽烟，谭浩飞不知从哪里弄来了烟，和同学们经常围在树下吸烟，以此来抵抗校方。潘庆觉得吸烟是一件非常"男人"的事情。一次，牧野发现了谭浩飞的小动作，把半包燃烧着的纸烟塞进了他的嘴里。牧野凶相毕露，在潘庆心底的偶像形象崩塌了。原田生病了，喝了太田奉汤佟拿来的药反而病重了，最终回了日本。后来查明是太田奉汤佟在药里投毒，目的就是想让亲近中国学生的原田退休。牧野给学生们讲军事课，点名让潘庆、谭浩飞和林苍有罚站，他们三人设法引逗地蜂，被惊动的地蜂蜇伤了牧野。牧野没有证据证明是潘庆三人搞的鬼，但开始了消灭地蜂的行动，活蜂吃了饵蜂身上的毒药都死绝了。小舅抗日让日本人抓了，太田奉汤佟让大舅去劝降。小舅拒绝大舅的劝降，英勇牺牲了。大舅表面上风平浪静，却在送外婆到北海返回的路上出了意外，他和日本人载满绝密货物的一艘小艇沉入海底……牧野在给学生上军事课时特意领着大家去了日本人屠杀中国村民的现场。牧野试图杀鸡儆猴，震慑中国后人，却没想学生们陆续罢课。牧野猜不透长官太田奉汤佟对此事的态度，得了心病，养子马启方给牧野吃了安眠药，趁机纵火烧房，与仇人同归于尽……长大后，潘庆去银行做了普通职员，林苍有继承了父亲的中药铺，谭浩飞经营着谭家的凉茶……

《水巷口》将原田老师经常说的生物进化论与日本侵略主张结合在一起。生物老师原田谴责这场战争的非正义性，在他眼里中国人不是要被淘汰的劣种，动物和人类不是一回事。原田勘破生物学真相，他深知"珍爱生物，平衡自然"才是保持世界和谐运转的方式。然而原田的同学太田奉汤佟和同僚牧野，在阅读了基本生物学书籍后，得出"弱肉强食是自然法则"的表层逻辑，从而鼓吹日本帝国优胜劣汰，灭种中国人的强盗理念。在小说中，作者设置了牧野带领同学们将野蜂大面积扑杀的故事情节，小舅对潘庆如是说："你们把蜂们灭绝了情形会是怎么样？你们屠蜂灭蜂泛滥了结果是什么？你们想过没有？"野蜂用来隐喻处于劣势的中国人，而侵华战争就是一场大型的灭蜂行动，日本人"屠杀灭蜂"的后果不敢想象，将像生物链的连锁反应一样遭受反噬。

1939年2月，日本在海口、三亚、府城等地强行登陆，经过近一年的占领，基本控制了海南大部分地区。为了争取岛民配合经济生产，日本人开辟了第二条战线，即文化侵略。对海南人民实施文化渗透，灌输"大东亚共荣圈"观念。文化侵略是日本人企图对华夏亡国灭种最毒辣的一个计划。在小说中,潘庆的督学有一个是台湾人,在他看来,这名督学"虽然是台湾人,但一板一眼照日本人那套做,撸起人来凶得很"。由此可以看出,日本人对中国台湾人民"诛心洗脑"战略的成果,这名督学并不是被逼迫来到海南,而是心甘情愿端着日本枪、举着日本旗来奴化自己的同胞。文化是根深蒂固存植于人民内心的,要想改变不是一朝一夕的事情,校园、教堂、报纸等成为日本侵略者同化、驯服中国人的文化载体,他们企图从书斋开始对年幼懵懂的青少年进行渗透改造。在小说中,潘庆和同学们曾被牧野身上的武士道精神吸引,一度非常仰慕这个刚毅英俊的日本军官,从侧面透露出日本文化在潜移默化地影响着少年。好在侵略者的阴谋没有得逞,牧野的残忍本心暴露无遗后,潘庆心中的"精神之父"随之毁灭,他转而开始敬佩积极抗日的小舅和行事公正的原田,从而建立了新型且正确的"父子关系"。

文化是一个国家挺立于世界之林的脊梁。没有特色鲜明的民族文化,就如同一个人面目不清地混迹于人群,成为别人的影子,成为孤独的存在。文化侵略是一种试图摧毁中国根基,"杀人于无形"的阴谋手段。日本侵略者曾在中国的东北、台湾及其他地区推行日文教育,实行新闻管制,教授日本礼仪和生活习俗,在中国人尤其是儿童心灵中混淆是非观念,改变国民文化信仰。张品成在《水巷口》中对日本隐形侵略"淡而有力"的描写,那无孔不入的文化陷阱令人心惊。直至今天,作为千年龙兴之地的传人,我们应该坚定文化自信,秉承开放包容,警惕文化入侵,守护华夏人民的精神家园。

第七节　跑向勇气与救赎之路

——王巨成《看你们往哪里跑》

　　江苏籍儿童文学作家王巨成是一位多产作家,他的作品《震动》被中国少年儿童出版总社推出后为人熟知。王巨成曾在一次写作采访时表示:"我希望,孩子会被当初的阅读所照亮",《看你们往哪里跑》便是得益于这样的初衷,既告知儿童世界真相,又将美好与希望带给他们。主人公牛正雄凭借一杆偷来的枪、一条忠诚的狗,带领几名儿童与14个日本侵略者进行敌我悬殊、斗智斗勇的故事。

　　来自牛尾巴村的牛正雄是一个淘气顽劣的孩子,他将镇上教书廖先生不允许做的事情都做了一遍。牛正雄有一条蒙古狗叫阿雄,它威风凛凛,比村里其他狗都长得高大威猛。这一天,牛正雄凭空消失了,既没有在镇上学习,也没有回家捣乱。消失了两个月的牛正雄再次出现在镇上时已经衣衫褴褛,简直成了一个小叫花子,他一直和路人说日本鬼子要打来了,可没有人信。大哥将牛正雄领回家,他重新去了学堂,朗声读书的样子让廖先生认为其终于开窍了。牛正雄去了哪里是个秘密,他编出了遇到劫匪的理由,父亲和同学们听着他一次次声情并茂的讲演将信将疑。但是牛正雄见人就说日本人要来了,连廖先生都不相信。真相其实是,牛正雄趁着大哥不在家,信誓旦旦上路要去边陲小镇畹町加入国军打鬼子。14岁的牛正雄加入了军队学会了开枪。战争真的来到了畹町,牛正雄刚刚熟悉亲近的队友们转瞬牺牲,他目睹了战事的惨烈,意识到打仗并非简单好玩的事,便带着队友小栓子的枪和五发子弹逃跑了。回到了镇上,枪被藏到了山上。同学谢文东跟踪牛正雄发现他藏了枪,没办法,牛正雄只好背起枪回到牛尾巴村。但是牛正雄没想到,谢文东将他有枪的事情告诉了镇上的人,大家分析认为日本人真的要来了,镇上人开始了前所未有的安全大转移。这一天,小狗阿雄在深山里抓鸡玩,遇到了14个与大部队走散的日本人。阿雄误以为是村民,将他们领进了牛尾巴村。牛尾巴村村民们没有见过日本人,热情地招待他们吃喝,直到他们摔死了鸡、捅死了羊、打伤了狗、打了人才意识到灾难的降临。全村48口人都死在了屠刀之下。牛正雄一回到村看到了这样的惨案悲痛欲绝,自己的父母哥哥都倒在了血泊里,村里7个少年跟着牛正雄决定向日本人复仇。利用地形优势,牛正雄指挥大家从山顶上推石头,砸死了处在山脚的两个日本人。放空了4颗子弹没打中人,牛正雄和少年们来到了牛肚子村,通知他们提前避难。日本人果然进村了,他们搜刮了粮食、点燃了房子,逼迫乡亲们露面。牛正雄安排村民们轮流从山上推石头,让小鬼子们无法安睡。牛正雄趁着天黑下山,用最后一颗子弹打死了守卫的日本人,令阿雄抢走了他的枪。日本人早起后沿着河边溜走,牛正雄令村里的狗跑入大山寻找他们的踪迹。领头的日本人佐佐木点燃了森林,和手下仅剩的6个士兵分头逃跑,但他们没有如愿跑出大山,有的被马蜂蜇死了,有的被村民打死了,有的被火烧死了。只有佐佐木装作假死逃回了腾冲县城。经历了生死考验的牛正雄回到了课堂,受到了老师廖先生的表扬,他后来当了八路军。新中国成立后,已经成为副团长的牛正雄谢绝了当副县长的任命,回到了牛尾巴村重新过起了一个普通村民的生活……

《看你们往哪里跑》入围"中宣部主题出版重点出版选题和国家新闻出版广电总局中国文艺原创精品出版工程项目群"。首次印刷15000册很快售罄,取得了不错的销售战绩。这部主旋律小说讲述了一个"逃兵"如何克服怯懦,拿着一杆枪、牵着一条狗、领着几个少年与全副武装的日本兵展开惊心动魄斗争的故事。牛正雄是来到镇上学习,走出偏僻的牛尾巴村的少数知识分子之一。虽然牛正雄性格顽皮、活泼好动,免不了廖老师的棍棒教育,但此时葆有天真童稚的理想主义,他牢记老师的那句嘱托"天下兴亡,匹夫有责"便去参军。战争不眨眼的残酷击垮了牛正雄的浪漫幻觉,英雄难做,活下来更难。牛正雄转眼做起了逃兵,回到了他认为不会发生战事的牛尾巴村。故事情节的张力体现在牛正雄对于"秘密"的隐藏上。少年失踪归来隐藏枪支、时不时宣扬的日本人要来、编撰土匪打劫的谎言、阿雄误引敌军入村共同构成文本的复调叙事,增强可读性,并通过对"秘密"抽丝剥茧地勘破揭晓,完成对历史创伤的个体体验书写。当日本兵的暴行摧毁了整日生存依赖的村庄时,牛正雄在战场上淬炼的兵心蠢蠢欲动，他克服了人性的脆弱和挣扎，完成了从"逃兵"到"反抗者"的转变，意味着个体精神的最终觉醒。可见，勇气与智慧并非与生俱来，在特殊年代少年的转变经常伴随刻骨铭心的伤痛，小英雄的成长应答是在责任与良知的拷问中迸发而出。少年们丢失家园跟随核心人物牛正雄突击日本兵，他们虽然手无寸铁但团结一致，最终凝聚成战胜外敌的集体力量。

在叙事结构上，牛正雄心理转变与少年们抵御行动双线并进，在决战场景中贯通交汇，一方面造成了文本悬念、引人入胜，另一方面深化"逃避—担当""怯弱—勇气"的二元主题。看似是敌我悬殊的战场，一杆枪、一条狗、一群毫无经验的儿童，他们仅仅凭着一腔热血便展开与凶残日本兵的决斗。他们利用地形设伏、制造假象、动员成人，故事颇为惊险刺激，每当有一个日本兵被打倒就令人拍手称快。日本鬼子放火烧山林却困住了自己，途遇花斑蛇中毒被咬死、蹚河时间太长认为走不出去而自杀等情节，既是险象环生的自然环境描写，也隐喻日本鬼子不得天时地利自取灭亡。14 名日本兵只有佐佐木逃走，牛正雄领导少年们完成了一次成功作战，既符合儿童文学的冒险紧张趣味，又暗含着"弱者以智慧取胜"的深层认知。

《看你们往哪里跑》延续了作者王巨成一贯的现实主义风格，通过细腻的人物形象塑造、矛盾冲突感强的叙事策略以及幻想诗化的语言风格，将一次抗日历史记忆的书写升华为一名抗日小英雄的启蒙典礼。

第八节　烈士小遗孤　作战大能量

——牧铃《少年战俘营》

　　牧铃与毛云尔同为湖南籍儿童文学作家，他们呈现表达的文学世界带有独属于湖湘地区的野性与灵气。《少年战俘营》以青云山红军遗孤小战俘协助抗日游击队，粉碎日军联队抢夺伐运木材计划的故事，展现一场惊心动魄的征服与反征服的斗争。

　　《少年战俘营》的"引子"是一封鸡毛信急件，透露出两个重要信息：一是红军7名烈士遗孤曾交予乡苏维埃主席柴竞收养，柴竞牺牲后，7名遗孤流落青云山中伐木为生；二是日寇进犯，青云山南部林区封锁，遗孤安全堪忧，速派出人员营救。在这封切切急语营造的紧张气氛下，叙事缓缓进入正文：日军开进青云山，杀害了一名企图给乡亲们通风报信的少年"侦察兵"，意外发现他是红军后代。日军少佐安藤源决定要将此处红军子弟全部抓住，组建一个战俘营。古庙钟声响起，林间劳作的工人们得知这是日军来袭的信号纷纷逃走，只有四名少年和一个女孩秋晴等待伙伴没有撤退。为首的龙云和挑衅他的男孩刘胖起了口角，两人相约上青云栈斗力决胜负。所有的民工都被鬼子围堵，带回了工棚，秋晴等人未能逃脱，而龙云和刘胖的比试因为安藤源儿子安藤俊男的插手也作罢。刘胖和红军不共戴天的态度受到安藤源赏识，因此无须充作苦力。安藤源看着青木山丰富的森林资源动了歪心思，决计要炸平山峰，在谷底形成运送木材的河流。扛运木头的民工被赶去伐木，孩子们被罚去炸石堵坝。安藤源令人在孩子们住的茅草屋前挂了"战俘营"的牌子，自己每日前去教学演讲企图感化他们，但没多久耐心就被数次涂坏的牌子和一条出现在被窝的青蛇破坏了。青蛇是被逃走的孩子火生放的，他在偷牛肉时被捉住。放炮炸石砸死了两个孩子，让龙云与看管军犬的狩野结了仇。龙云夜袭狩野，被黑暗中不知名人所救，狩野被击毙，而军犬也在追逐秋晴的狗黑子时落入猎人陷阱。安藤源让刘胖进战俘营监视龙云的行为，刘胖与安藤俊男比试斗力时负伤，龙云悄悄塞给他一包治劳损咯血的药。秋晴每日投喂掉下陷阱的日本军犬，逐渐驯化日本军犬，火生给他重新取名为"哑虎"。火生摘了越冬灌木"仙人渡桥"的果实，日本监工眼馋吃了很多，没想到中了火生的计策，又吐又拉腹泻不断。安藤俊男想教训火生一顿被龙云拦住，龙云答应同安藤俊男比试。龙云重伤安藤俊男。安藤俊男去大雪深山独自搜寻野猪，妄想通过此举令战俘营的孩子们佩服日本帝国的强大，没想到野猪凶猛危及他生命的关键时刻，却被暗暗等在一旁的龙云所救。安藤俊男踢伤了大头的肋骨，怒火重伤的龙云提刀冲向安藤俊男，可龙云被日本狼狗咬伤，幸亏一位陌生的大胡子叔叔出手相救。大胡子叔叔让龙云逃跑去找青云山支队，龙云途中杀死一个日本士兵并抢走了手枪。龙云在山上躲躲藏藏，给日军制造了不少麻烦，他计划了夜袭安藤源的方案，没想到被狼狗嗅到踪迹，落入敌人圈套被捉住。龙云被大锁链套住关押起来，大头为了送弓锯被敌人杀死。刘胖趁夜黑来到龙云处，告诉他自己是中国军人的后代，与他为敌是为了麻痹日本人，并透露出他们在砌大坝时制造了一个空洞，只待时机成熟将空洞刺穿，日本人的伐木计划就泡汤了。骤降的春雨让日本鬼子提前行动了，而民工们的反抗也提前开始了，此时游击队还没有就位。龙云使用各种手段设法砍开锁链，刘胖一边打晕安藤俊男，一边为老王领导的民工队打掩护转移敌人火力。经过一番激烈的战斗，游击队终于炸开了天坑，大量木头流进了这里。为了保护大家安全进入溶洞逃生，龙云与刘胖协力砍向束缚着木头的铁丝，两人随着滚木坠入洪流，安藤源也被击中。第二天，鬼子撤退，游击队员带着火生和秋晴几个重新回到青云栈安葬龙云、刘胖和牺牲的战士们……

研究过战俘心理学的日本军官安藤源曾大言不惭："征服少年，就是征服一个民族的未来"，他妄想征服以龙云为首的烈士小遗孤来达到自己不战而胜的目的，他建立所谓的"战俘营"，将红军后代与民工们分开管理，先以上课、给糖果等利诱形式，后以加强警备、加重奴役等强硬手段，绞尽脑汁、颇费周折，谁料这些孩子颇有骨气，与游击队、民工里应外合、作战默契，粉碎了安藤源酝酿了一个冬天的掠夺木材计划。敌人的算盘在少年钢铁意志面前全面崩溃，佐证了英雄精神坚不可摧、代代相承。

《少年战俘营》故事一波三折，语言紧实严密，场景气势恢宏。小说塑造的少年龙云和刘胖立体可感、朴实感人，是书中出彩的人物，是烽火岁月洗礼下儿童蜕变成长的缩影。龙云和刘胖有"私仇"，龙云是红军后代，母亲被国军活埋；刘胖是国军后代，爷爷被红军打死。然而大敌当前，他们放下嫌隙，以同是中国人的觉悟联手抗敌，面对日本法西斯的残暴恶行舍弃小我好恶，统一在民族战线旗帜下，勇敢杀敌，双双牺牲。龙云和刘胖是有血气的中国少年代表，他们面对分化、打压、利诱、折磨表现出超乎预期的抗压能力，绝不屈服、绝不投降，身上兼具民族大义与世界反法西斯精神。安藤俊男与龙云是同龄人，深受日本军国主义思想教育的他原准备慢慢啃下中国人的硬骨头。他三番五次找到龙云与他斗力，试探中国少年的底线，伺机找到最能折辱少年的方式。安藤俊男小小年纪却心机颇深，比起安藤源更沉得住气，假以时日将成长为中国的心腹大患。龙云本准备在安藤俊男与野猪搏斗时手刃敌人，但内心因光明磊落而不想对其见死不救，哪知安藤俊男逃过一劫后对他的朋友摧残加倍，大头被踢断肋骨，最后不幸牺牲。龙云后悔莫及地叹悟："他居然傻到把鬼子当人来同情，鬼子是人吗？"提醒我们面对敌人决不能心慈手软，在真枪实弹的战场上，要抱有将敌人斩草除根的觉悟。

　　一位影评人曾说："如果说，战争会留下一段烈火燃灼、血迹斑驳的断壁，那么上面凸显出的不仅是胜利者的铭文，而且是母亲苍老、泪枯而白发飘拂的面孔；是永远凝固，又已永远褪色的青年人脸颊上的光泽。"儿童本是战争中彻头彻尾的受害者、无辜者和无助者，他们大多数没有能力和机会举起手枪与敌人背水一战，他们只有被动承受战争的残酷，看着自己的青春和童年被夺走而无能为力。《少年战俘营》中的烈士遗孤从被动卷入战争到主动参与战争，在任人宰割的逆境中积极生存，进行力所能及的抗争，在残酷的斗争中展现少年责任与担当。作者牧铃用自己熟悉的地域环境与书写风格驾驭不熟悉的抗战题材，扬长避短、一脉相承，开掘艺术生长点、致敬峥嵘岁月情，而山的雄厚和人的高贵跃然纸上。"位卑未敢忘忧国"，曾身处炮火枷锁中的龙云、刘胖等烈士遗孤协助游击队粉碎日寇阴谋，以极大作战能量取得胜利，为了这片热土抛头颅、洒热血，在黑夜中燃烧自己生命之火，喷涌而出的耀眼光亮将指引后辈前行。

第四章
"红色中国"系列抗战题材儿童小说

2013 年初，由安徽少年儿童出版社出版了一套"红色中国"系列丛书。正如主编张品成在《序》中所写到"红色中国是一段历史，一截记忆，是前辈走过的足迹和奋斗的实录"，"红色中国"丛书的初衷便是记录中国共产党和中国人民在抗日战争中所付出的巨大牺牲和光辉岁月。张品成的《花塘往事》、萧显志的《麻雀打鬼子》、毛芦芦的《拯救折翼飞鸟》、李有干的《风雨金牛村》、杨也的《回来的路》、白勺的《父与子的 1934》、郝周的《偷剧本的学徒》、丁伯慧的《松林一号》和谭岩的《大人们的那些事儿》参编。撰写丛书的 9 位作家风格各不相同，但其作品精神内核是共通的，彰显着艰难岁月中的人性和情怀，是对英雄革命传统的创新继承和发扬。本节选取其中萧显志的《麻雀打鬼子》、郝周的《偷剧本的学徒》、李有干的《风雨金牛村》切中抗战题材主旨的作品作简要赏析。

《麻雀打鬼子》《偷剧本的学徒》和《风雨金牛村》均以平民儿童为主角，依托地域符号加强对文本叙事的真实性构建。比如，《麻雀打鬼子》以东北抗联为原型，《偷剧本的学徒》围绕湖北黄梅戏曲的守护和传承，而《风雨金牛村》以苏北农村为背景展开。《麻雀打鬼子》通过打造一支由乞儿构成的"麻雀别动队"，体现普通儿童在战争中的自觉性与主动性；《偷剧本的学徒》以对传统戏曲保护为主线，凸显文化抗战的特殊意义；而《风雨金牛村》则以质朴厚实的语言讲述了军民鱼水抗战的一致性，丰富全民抗战的历史表达维度。

第一节　骁勇善战"乞丐帮"

——萧显志《麻雀打鬼子》

作家萧显志是辽宁小虎队一员,也是东北作家方阵的重要力量。萧显志的《麻雀打鬼子》主人公是一群因战乱流离失所,只能沿街乞讨的儿童们,这些无辜落难的孩子为东北抗联组织收编,成为一个由"乞丐帮"组成的"麻雀机动队"。故事将小队员们骁勇善战、机智聪慧展现得淋漓尽致。

"引子"中设置了一个悬念:"日军特别军用专列'鸠'号被颠覆,日军官兵伤亡惨重……"究竟是谁策划了这场突袭?暂且按下不提。屁子儿、丫头、铁爷、猴儿精、二牤子几个小乞丐每日要饭为生,一天见到日本人押着戴毡帽头的男人经过票房子,屁子儿把点着的炮仗扔出胡同,毡帽头得以逃脱。毡帽头是东北抗联的一分子,他号召屁子儿几个加入抗联,几人一致决定将队名取为"抗联麻雀别动队"。几名队员年纪虽轻,但在与日本人斗智斗勇时颇显"老练":他们扮成"花姑娘",逐一消灭鬼子队员,智擒队长"花公鸡",端了鬼子炮楼;撒胡椒面雨,迷了睡觉鬼子的眼睛巧脱身;引鬼子入布置好的野蜂阵,鬼子让马蜂蜇的哇哇乱叫;扮成辽河水鬼,组织小鬼子小火轮水上运输;用耗子智炸鬼子弹药库、火箭炸毁硫黄弹、在荒草甸子上设圈套,引鬼子沉入大酱缸……最了不起的是,他们还干了件大事——将新鲜牛皮蒙在了铁轨上,只见载满鬼子高级将领的专列就这么直冲冲滑进了河里……故事行之末尾,读者心中早有的答案得以揭晓,小战士组成的麻雀别动队称得上抗联队伍里的小楷模。

萧显志的《麻雀别动队》中英勇善战、无所畏惧的小战士形象延续了"成人式"小英雄的创作范式。比如在郭墟的《杨司令的少先队》、卢庆福的《铁血少年》中都能看到这类小英雄同成人抗联队伍并肩作战的身影,他们冲锋在战斗第一线,展现出乐观向上、宁死不屈的精神品质。萧显志的《麻雀别动队》着重突出抗联小战士的英雄觉悟、凸显足以代表东北民族气概的顽强意志力,以多个奋力抗敌的斗争片段串联,点燃读者心中的阅读激情。

第二节　偷,借抑或者救?

——郝周《偷剧本的学徒》

"80后"儿童文学作家郝周是"红色中国"系列书籍作者中最年轻的一位,但他的作品《偷剧本的学徒》呈现出厚重驳杂的乡土儿童文学特质,交上了一份超乎年龄成熟且生动的答卷。《偷剧本的学徒》先后获评入选中宣部2015年"优秀儿童文学出版工程"、安徽省2015年"十佳皖版图书"入围图书、2016年"深圳年度十大佳著"等荣誉。《偷剧本的学徒》以乡村少年连水战时学戏的视角进入,在传统文化精粹黄梅戏与惊险波折抗战故事的交相呼应下,谱写一部血肉丰满的鄂东抗战图景。

连水是鄂东小县城梅城的一名普通少年。前线战事吃紧,连水就读的新式学堂东山学校也被战火波及,不得不就地解散。连水不得不告别自己的老师冯先生、爱哭鼻子的同桌弯弯和一众同窗好友。在与朋友炎生返家躲避战乱的途中,遇到了打家劫舍的土匪。讲义气的连水劝说土匪头子大胡子放了炎生,自己在原地等他带赎金前来。父亲千拼万凑来到土匪窝,谁料土匪担心事情败露已经转移,连水幸免于难。没多久,一次意外风寒夺走了连水爹的性命,连水成了孤儿。日本人攻占梅城,连水在逃难途中遇到了梁家班黄梅戏班子,机缘巧合成为戏班里的一个小学徒。梁班主向被迫成为自治维持会会长的王举人借了一家荒废的茶馆,就此戏班重新开张。连水入行晚,学艺刻苦,每日打杂活、练身段、吊嗓子。戏班里演旦角的小元,路遇日本人将其视为"花姑娘",差点惨遭鬼子毒手,从此精神变得恍惚,声音和演技也不似往常精湛。小丁子因为连水弄脏衣服怀疑其用心,两人打了一架。后来,小丁子患了急性喉痧,连水不计前嫌照顾他,两人放下纠葛。连水偶然演活了丑角后,渐渐喜欢上扮演丑角,他在戏班师傅的开导下向高人章象山学艺。章老爹倾囊相授诸多技艺,却在一次路遇日本军官山本后,拒绝为其演奏被打伤致死。连水与冯先生、弯弯久别重逢,一起解救了美国飞虎队飞行员白比邻。驻城日本军官伊藤扣押梁家班班主做人质，胁迫其为他演出黄梅戏《梁祝》。连水去探视梁班主时，梁班主写下小纸条"速找三元水路赴九江，派连水去章家偷剧本"。章家班早年与梁家班"斗戏"失败，来到九江谋生。师兄板鸭和连水历经重重险境，在抗日人士三元的一路护送下将白比邻顺利送到九江，三人在教堂告别后依依不舍地分别。连水碰到了已经沦为小乞丐的玩伴炎生，两人打听到章家班演出地址。连水与板鸭计划缜密而却偷剧本未遂，章家班班主得知内情后，摒弃私人恩怨借出剧本，并带着琴师与连水一道返回梅城。在剧目出演当天，鬼子队长伊藤正欣赏黄梅戏高潮时，中了抗日游击队的埋伏，原来这才是章梁两班共同导演的精彩大戏……

青年作家郝周将自己故乡的文化遗产黄梅戏嵌入抗战叙事，使地域文化与主旋律写作碰撞出异质魅力。小说语言流畅自然、故事情节环环相扣，巧设悬念与伏笔，将东山学堂受教、土匪绑票遇险脱逃、梁家班学戏、营救美军飞行员、过江偷剧本救班主与捣毁敌军驻兵等线索安排紧密、逐步推进，少年连水讲义气、善良坚韧、冒险勇敢等本性跃然纸上，体现了作者驾驭文本的功力。

连水遭遇鬼子后进戏班，班主面临不测须"偷剧本"是故事的主线。戏如人生，黄梅戏学徒身份的设置与戏曲本身跌宕曲折、丰富多彩有关联，而普通农村少年连水正是成为黄梅戏学徒后，才更从容便利地穿梭于社会各色人等间、见证他人的人生完成个体的蜕变。小说的核心是"偷"，但学徒连水原本就是为了救人的目的来到了章家班，没有私人利益或受人牵制等外界压力。但"偷"又不妨说是"借"抑或者是"救"，章班主侠肝义胆、大局为先，他得知连水这个小偷的真实用意后借出剧本，是在挽救章家班班主和故乡民众的性命，也是在拯救传统文化精粹黄梅戏不致落入敌人手中。以"偷"命名题目并非孤例，在澳大利亚作家马克斯·苏萨克的反战小说《偷书贼》中，以独特的叙述者"死神"的视角为我们呈现了一名德国女孩的成长。"二战"炮火纷飞，人民生存艰难。母亲忍痛想将小莉泽尔和弟弟送给他人抚养，而莉泽尔的弟弟在途中病逝。年仅9岁的莉泽尔失去了弟弟和母亲的陪伴，来到养母家时常惶恐不安。她靠着在埋葬弟弟的地方找到的一本书打开了新世界的大门，开始了"偷书"

之旅,在焚书运动上摸回来一本《耸耸肩膀》、去伊尔莎书房"偷"的书都成为她精神的庇护。这些"偷"回来的书帮助莉泽尔走过人生至暗时刻,令她顿悟生命奥妙从而拥有面对一切的智慧与勇气。在《偷剧本的学徒》和《偷书贼》中,"偷"作为题眼吸引读者,却丝毫不涉及道德伦理问题。两本书都置于"二战"的特殊场景下,主人公都是与命运相搏的小勇士,他们的"偷"是无奈的生存之举,反而因为"偷"得到他人帮助和谅解,得到关怀和怜爱,从而拥有在坎坷逆境中仍开出繁茂之花的希望与未来。

在故事的最后,章梁戏班在鬼子面前演一出假戏,最终消灭鬼子驻地。连水和读者一样,在枪声从古塔传来时才恍然大悟这一场绝妙好戏。连水并没有提前知晓这场布局,也没有担任任何重要角色。一方面,出于作者充满悬念的技巧设置,使得黄梅戏班与抗日游击队智除日军的情节成为高潮;另一方面,连水是一名普通的农村少年,他对日本鬼子的认识和反抗符合年龄特色和身份特征,所做出的一系列抗日举动属于能力范围内,佐证其在烽火年代成熟成长,但残酷的枪战是大人的事。这体现了作者新颖的现代战争观,是基于历史基础观念的设计。

《偷剧本的学徒》灵动细腻、朴素感人,寥寥几笔便将出场人物的性格和故事展现得淋漓尽致。除了小主人公连水,抗战时期乡村众多底层人民的英雄姿态和命运沉浮也竞相呈现,生动表达了民众同仇敌忾进行地域抗战的精神力量,具有乡土风情美和历史崇高感。在连水学戏的过程中,读者不仅学到黄梅戏起源和戏班诸多规矩,也明晓什么是好的戏曲、如何下功夫演好戏,对小说中陌生的乡村生活和黄梅戏产生兴趣,潜移默化地受到鲜活浓郁乡村传统文化的熏染。因此,这本书符合儿童的阅读期待,具有较强的艺术生命力。

第三节　淋雨一直走

——李有干《风雨金牛村》

　　江苏籍作家李有干是一位笔耕不辍，创作生命力旺盛的老作家。李有干先生曾花费数十年时间辅导培养重点业余作者，帮助他们出版逾百万字的小说、曲艺等文学作品，国际安徒生奖获得者曹文轩便是受益人之一。曹文轩曾在文章中满含热情地写下"李有干先生是我的老师，我始终在心中认定，我的今天与他在昨天给予的扶持密切相关，是他将我引向了文学世界。"《风雨金牛村》延续了李有干先生对于烽火年代发生在苏北芦苇荡人民生活和战斗的想象，通过机敏农村少年豆子的视角，展现了战争年代人民军队与抗日群众鱼水情深与坚强意志，人性光辉与革命精神交织成乡土艰难岁月中的独特气节。

　　一支新四军的文艺队伍——鲁迅艺术学院华东分院进驻了金牛村。金牛村处在盐城、湖垛和清水镇三个鬼子据点的中间，分院的师生冒着危险来到了这里隐藏。14岁的能豆子是个机灵野性的男孩子，他的父亲有一条祖传下来的货郎船。祖上曾在划着货郎船捕鱼时误撞乾隆皇帝的龙船，乾隆皇帝赐给先人一只龙头铜环，成为能豆子家传宝物，庇佑世代好运，不为外人所道。父亲看重货郎船，称命可以不要，但船不能丢。200多人的分院师生分住在各家各户，来到能豆子家的是几位年轻姑娘，其中最漂亮的叫名伶，年龄最小的叫静娴。鬼子频繁扫荡，部队只要吹响了哨声就得紧急转移。金牛村人和师生们感情深厚，看见他们接到命令急匆匆离去时总是盼望着再来。鬼子进村杀害了村民，洗劫了粮食，留下一片狼藉，令村民们痛恨不已。战士们从战场上俘获了一匹东洋马，这马让日本人养得庚气十足，交到能豆子父亲手里没多久被驯化了。才貌双全的名伶和学戏曲的男生辛立情投意合，而院部的机要秘书左惟对名伶也有好感。能豆子经常帮名伶和辛立传送小纸条。在辛立遭到院部整风运动时，能豆子也坚定不移地站在他这边。村里人按照苏北风俗为辛立和名伶操办了婚事，能豆子给这对新人压床。婚后的第二天清晨，正要转移的鲁院师生与埋伏在附近的鬼子遭遇，豆子爹和豆子冒着生命危险撑着货郎船帮助师生们渡河。辛立和名伶在掩护战友撤退时不幸中弹落水，才华横溢的丘主任和静娴也光荣牺牲，突围的百十名师生一路北上与大部队会合。豆子爹用自己视若珍宝的货郎船安葬了辛立、名伶、丘主任和静娴，而豆子也在一场场战斗中成长起来，发誓要成为一名新四军战士为大家报仇雪恨……

2003年，李有干创作出版了长篇小说《大芦荡》。作品勾勒一幅苏北水乡的生活画卷，作者力图展示地域抗战史的雄心初现。作者凭借此书收获了第22届陈伯吹儿童文学奖大奖。在《风雨金牛村》构造的这个世界，芦苇、货郎船、沟河、压床民俗，一笔一画写尽故乡的风土民情，语言兼具水乡的柔美与战争的惨烈，增强文本的当地文化性，形成抒情与暴力相结合碰撞的美学张力。2022年，李有干出版了《酷热的夏天》，同样是聚焦这片家园保卫战的佳作。对苏北水乡的执着表达成为李有干的一种独具魅力的创作姿态，他从这里汲取的灵感滋养出人性的厚度和历史的深邃。

主人公能豆子的成长并非单线叙事，而是在一系列矛盾冲突中完成。能豆子父亲的转变承载着全书的核心意旨：面对初来家中驻扎的新四军战士，父亲表现出怀疑和不满，他一晚上没睡，点着盏昏黄的灯守着他们，早起后又将战士们的被褥拾到门外。辛立在父亲的货郎船上睡了一晚，第二天被暴跳如雷的父亲拉到军部写检查。对待那条视如珍宝的货郎船，从一开始不愿意用它拉货渡河，花费大量精力修船，到东洋马发狂弄掉了龙头铜环，再到面对文艺士兵在遭遇战中牺牲，以船为棺安葬烈士，父亲从最初的私利谋生到逐渐接纳其为革命送行的工具，完成了生命价值的升华与家国责任的觉醒。名伶和辛立的刻画同样富有深意。这一对革命情侣的爱情短暂而美丽，他们互相支持理解，对未来充满信念。婚礼次日便双双殉难，暗喻着战争对于美好事物的毁灭性摧残，在巨大反差中完成对不义侵略的道德鞭笞。

《风雨金牛村》再现苏北乡土社会在时代巨变中的精神韧性，"江淮日报"社的坚守、革命文艺兵的牺牲、马夫老头和东洋马的相惜、能豆子的成长等内容杂糅诠释了"革命种子薪火相传"的主题。作者将革命伦理与生命思考融合，以深切的历史关注与美学探索佐证了现实主义创作的承载力度，那在风雨中飘摇过的金牛村，既会记得来路坎坷，也不忘未来所求，理想终将在沐浴春风的晴天实现。

第五章
雨花台的泪滴

　　2020年，抗日战争暨反法西斯胜利75周年之际，抗战题材的儿童小说创作迎来了一个小高峰。江苏儿童文学是中国儿童文学的重镇，佳作频出，百花齐放。本年度，3位江苏作家出版了以南京大屠杀为历史背景的长篇儿童小说，其中，杨筱艳的《荆棘丛中的微笑：小丛》获第七届陈伯吹国际儿童文学奖、许敏球的《1937少年的征途》荣获第三届"青铜葵花儿童小说奖"潜力奖、赖尔的《女兵安妮》获江苏省第八届紫金山文学奖中的网络文学奖和"庆祝中国共产党成立100周年"网络文学征文大赛三等奖。

　　上述作品均以儿童的战争体验展现南京大屠杀的残酷性，《荆棘丛中的微笑：小丛》串联起南京大屠杀与重庆大轰炸的史实，留守南京的小主人公沈旭生从大屠杀中幸免于难；《1937少年的征途》中的洛桐和秋芷见证南京城的陷落与军民义无反顾的抗击；而《女兵安妮》中外国女孩直面日军暴行后，留下了难以痊愈的应激精神创伤。但这几部作品叙事视角与手法风格有所不同，《荆棘丛中的微笑：小丛》通过双线叙事强化历史记忆，以孩童游戏、家庭温情消解战争虚无；《1937少年的征途》以白描手法直面战争惨状，以少年洛桐逃亡之路突出"在场感"体验；而《女兵安妮》引入国际人道主义视角，探讨跨文化联合抗战与个体心理重建。

第一节　绝望之境绽放希望之花

—— 杨筱艳《荆棘丛中的微笑:小丛》

南京籍作家杨筱艳以真实家族史做背景创作了献礼抗日战争 75 周年的作品《荆棘丛中的微笑:小丛》，并获得 2020 年陈伯吹国际儿童文学奖。《小丛》是杨筱艳现实主义儿童文学《荆棘丛中的微笑》三部曲中的第一部，第二部《吴安》于 2021 年出版，第三部《妹珍》暂未出版。《小丛》串联起南京大屠杀和重庆大轰炸两大历史事件，以少年小丛、小虎和沈旭生的不同遭遇展现战争对于普通家庭的摧残破坏，具有浓厚的历史感和感染力。

小丛和小虎生活在南京城，他们的父亲开了一家"炳正照相馆"，日子其乐融融。1937 年 8 月 15 日，日本人将第一颗炸弹丢在了南京，动荡不安的阴影开始笼罩这座城池。南京城到处是残垣断壁、黑烟滚滚，每逢炸弹来临，人们就跑到附近的防空洞避难，有些来不及躲避的人遭受了惨痛的损失。小丛的父亲和母亲商量决定将照相馆交给留守的学徒沈旭生，举家迁往重庆。小丛父亲用积蓄的 3 根金条和若干钞票换到了昂贵的船票，全家登上了开往重庆的轮船。这一边，12 月日本进攻南京，洪劲松将军带兵死守城池，与敌人血战后英勇牺牲，副将郑国栋带着洪将军的遗物突围。南京陷落后，旭生走在街上被日本人俘虏，在即将被日本人枪杀的关头，孙老师将他推入铁路轨下的涵洞，他才得以保命，而孙老师则和众多百姓死在了大屠杀中。整个南京城变成了阿鼻地狱，旭生来到了设在金陵女院的难民营。在外国女士华小姐的帮助下，这里避难的百姓受到庇护，可是日本人还是将疑似军人的男人拉出去杀死。旭生留在女院成为华小姐的小帮手，处理了不少难题，也曾与修道士艰难寻回难民物资。沈旭生离开华小姐后，得到了一份红十字会埋尸队的活，他逐渐变得沉默寡言。日本人发良民证后，旭生回到了师傅开的照相馆开始营业。有一天，一个日本军官来到照相馆要求冲洗照片，旭生发现照片都是南京大屠杀惨案的现场,他偷偷加印一份藏起来。旭生没法再待在照相馆,跟着高伯伯来到一个小寺庙,住持善济师傅收留了他。日本兵突然闯入寺庙,杀死了善济师傅,旭生藏在观音像下的照片也被汉奸周生发现。周生趁着夜黑将相册还给旭生,告诉他要小心。旭生回到了荒芜的家乡开垦田地开始卖菜,将相册埋进屋子墙角。另一边,日军飞机炸毁了小丛一家的船,幸亏离岸边已经接近,大家得以逃生。小丛一家徒步走上了去往重庆的路,到了安徽后,妈妈病倒,小丛替父母背起了小虎。小丛加入的这支逃难队伍很长,他们长途跋涉、疲惫不堪,不知不觉走了一个多月。到达宜昌后,小丛他们终于可以乘坐船只,却在重庆岸口时不慎与父亲走丢。小丛、小虎和妈妈从未放弃寻找爸爸,最终小丛发现了爸爸贴的寻人启事,一家人重聚。爸爸在重庆开设了照相馆,小丛和小虎适应了山城雾气霭霭的生活。日本人频繁轰炸重庆,当地人习惯了跑警报的日子。1939年5月3日,日本飞机炸毁了小丛的新家和照相馆。虎子在大轰炸时捡到一个小姑娘名叫洪朝歌,洪朝歌的母亲感恩小丛一家,于是雇佣小丛母亲为保姆,小丛一家搬入歌乐山寓所。原来朝歌是洪劲松将军的女儿。小丛、小虎和朝歌都开始上学听课,但是不久后朝歌母亲生病不得不进城治疗,他们的求学暂时告一段落。日本人的飞机空袭来了,小丛、小虎和朝歌躲入离家最近的一个防空隧道。日子就在躲警报和重建家园中缓慢度过,然而在1941年6月5日,小丛他们再次躲入隧道,但因空袭时间太长、人太多导致隧道内氧气不足,许多人都闷死在隧道里。小丛和小虎没有躲过这次灾难,朝歌得以生还。1945年年底,小丛父母携养女朝歌回到南京,与沈旭生重逢。旭生将珍贵的相册上交南京临时参议会,成为南京大屠杀"京字第一号"证据。5年后,炳正照相馆重新开张,橱窗照片上小丛和虎子笑得一脸灿烂……

战争巨轮碾过,亡魂冤魄无数。我们跟随着被迫离开家乡的小丛一家,看到了南京大屠杀来临前的满城慌乱、人心惶惶,历经了轮船被炸、落水自救,看尽了一路走到重庆时的荒芜人间。这一路,母亲病倒、父亲走散,可好在一家人在山城重启日常生活。但万万没想到,走遍千山万水,只为保留生命,小丛和小虎却倒在了胜利前夕的那个苦苦等待灾难过去的十八梯防空隧道中。可见,在战争时代个体无法抗争生命的无常,处处皆是地狱，每走一步都如履薄冰。作品赋予虚构叙事以文献价值，这里的小丛和小虎是鲜活真实存在过的人物，是作者杨筱艳的两个舅舅。沈旭生的角色设定则化用了真实的"京字第一号"证据。作者将自己隐秘惨痛的家族史汇聚到民族抗争史中，用一本书的时间娓娓道来，以沈旭生和小丛在南京和重庆分别见证侵略战争的双线并行，将充满两地气息的地域符号关联，"末路"与"求生"相对汇合成时空的巨大张力，普通国民在战争中坚守的希望之光在绝望之境璀璨绽放。

《小丛》书中所言"苦难虽涩，温情留香"，不仅完成了对战争机器的控诉，也凸显了人性本身的尊严。作者用平静细腻的语言展现日常细节，比如小虎一声声"锅锅"（南京话：哥哥）、"白白"（南京话：爸爸）、酸梅汤、玄武湖、云锦织造等穿插在对话中，外国友人华小姐对难民的庇佑、刘师母送给旭生的金珠手串、同学吴其放送给小丛一家的新鲜蘑菇，这些温情片段编织在生活肌理里照亮人心。而坚韧的照相馆学徒沈旭生目睹南京大屠杀惨案侥幸逃脱，并冒着生命危险保存证据，这一角色是抗日群像的精神缩影，承载着民族抗争的集体蜕变。一路的艰辛跋涉使无辜的受难者小丛和小虎纯真的眼睛里蒙上一层阴霾，但战争对人类的异化折磨依旧没有放过他们，他们的梦想和信念倒在了隧道中，这一残酷的书写还原了历史真相，也通过血肉丰满个体的消逝指涉暴力战争的虚无荒谬。在温情与暴力相对抗的美学氛围中，对和平的渴求与珍视拓展着战争儿童文学的思想边界。

《荆棘丛中的微笑：小丛》以家族史为原点，通过文学化的历史重构，完成了对民族创伤的集体疗愈。这部作品不仅是儿童文学的现实主义突破，更是一曲对生命尊严的挽歌，提醒后人只有将思想的触觉延伸到过去，才能真正感悟当下，铭记历史，珍惜和平。正如书中隧道惨案的幸存者朝歌，她的存在象征着历史记忆的代际传递——唯有直面苦难，希望才能永不凋零。

第二节　一趟终将胜利的大逃亡

——许敏球《1937少年的征途》

现定居南京的作家许敏球将笔触探向抗战历史,以南京大屠杀为背景出版了《1937少年的征途》,是对战争书写中鲜有涉猎的惨痛岁月的一次成功的尝试。《1937少年的征途》荣获第三届"青铜葵花儿童小说奖"潜力奖,受到评委专家一致好评。

作品从南京少年洛桐的第一人称视角进行叙事。洛桐住在长江边下关码头旁的板屋,母亲在南京市秋先生家做事。这一天,洛桐去给秋先生送父亲捕的白鱼,结识了秋先生的小女儿秋芷。秋芷为洛桐弹奏了贝多芬的《月光曲》,带着洛桐参观眼睛叔叔的牧场动物,两个人成为好朋友。洛桐答应带着秋芷坐船游览南京城,秋芷按照约定来到洛桐家,洛桐驾着小船沿江下行,绵延古老的城墙,古色古香的秦淮河沿岸,人声鼎沸,乐器合鸣,布满天空的孔明灯如萤火虫闪烁,途中的一切新奇有趣,秋芷唱起了《西风的话》颇为应景,不知不觉天就黑了。北平沦陷,为了防止日本空袭,秋芷和洛桐家挖了防空洞,秋芷家的洋房红色屋顶也被涂成黑色。日本飞机经常飞来,一颗颗炸弹掉落进南京城,全城的人开始了躲警报的日子。眼睛叔叔的农学院要迁往重庆,每一种动物只能选一对运过去,秋芷和洛桐帮忙选好,看着轮船载着幸运的动物远去,心里充满了失落。上海沦陷后,日本飞机轰炸更频繁,秋先生大女儿被炸身亡,秋先生准备携怀孕的秋太太和秋芷前往重庆。洛桐的学校停课了,古文老师叶夫子最后一课上的是《少年中国说》,"中国不会亡"的叮咛久久回荡在同学们耳边。洛桐和父母去码头送秋先生一家上船,没想到日本飞机来袭,秋芷从跳板上坠入长江,洛桐和父亲冒着危险划船救起了秋芷。秋芷住在了洛桐家,父亲将所有的钱平分给每个人,以备不时之需。日本人兵临南京城,在发起总攻的这天晚上,整个下关一片火海,洛桐家的房子也被烧了。南京城被攻破,洛桐父母被炸死,路边到处是士兵和百姓的尸体。洛桐和秋芷躲在了一个炸塌一半的房子阁楼上，遇到了守城军人楚师航，三个人避开了日本兵的四处搜查，用房子里的食物和被褥度过了几日。街上摆着一架钢琴，一名日本军官每晚来到这里弹奏贝多芬钢琴曲。这一夜，正当洛桐和秋芷揣测日本军官来不来，洛桐的老师叶夫子出现在街道上，把每户人家插着的日本旗扔进废墟。日本军官出现了，杀害了叶夫子。洛桐要去街道上查看叶夫子的情况，楚师航掩护洛桐枪击了日本军官，暴露了藏身位置。楚师航留下应对赶来的日本兵，洛桐和秋芷跑到了江边。江边有一只采菱盆，洛桐和秋芷决定坐在里边游过长江，向重庆出发去找秋芷父母。不知道漂浮了多久，两人沉沉昏睡过去，采菱盆真的漂到了长江北岸，逃出了流血的南京城。洛桐和秋芷遇到了赶牛的爷爷，爷爷和婆婆收留了他们一晚，第二天驾着车送到了六合县城。他们加入了当兵和百姓的逃难队伍，遇到了一个年轻的士兵桂生。洛桐和秋芷此前在南京参加过童子军，但在几百千米的徒步中，体力勉力不支。一直走到第四天的深夜，大家终于来到了张八岭车站。在人们混乱争抢中，三人爬上了火车头。晨曦来临时，火车开到了蚌埠，桂生找到了团长，洛桐和秋芷跟着士兵们向信阳行进，即使脚底磨出血仍咬牙坚持没有掉队。团长的队伍和日本兵在一个山丘遭遇了，桂生牺牲。两人继续向前走过了几个村庄，遇到了野狗和饿狼，被好心的猎人收留了两个夜晚，洛桐找到了一艘小船，两人终于可以歇脚。秋芷发起高烧，在古镇正阳关医院得到救治，两人用牛爷爷给的银元买了衣服、吃饱了饭，回到船上开始新的航行。不久，洛桐得了痢疾，幸亏碰上了在南京分开的眼镜叔叔。原来，眼镜叔叔做出了要把剩下的近千头动物护送到重庆中央大学的决定。这下，洛桐和秋芷不再是孤苦无依了，跟随着眼镜叔叔的队伍出发。这支队伍有两三百米长，技工护在动物旁确保听话安全，动物的食宿都是重要问题，但他们还是在缓慢中前进。有一次，日本飞机轰炸，好多动物死了。眼镜叔叔放弃走大路，改走崎岖狭窄的山路。每个人都蓬头垢面，磨穿鞋底，经历严暑雨季，翻山越岭，日夜兼程，连动物都磨平了脾气，安静地走在路上。终于穿过了武当山区，来到了宜昌，眼镜叔叔在船只紧俏的情况下，千方百计争取到一艘船。时近初冬，船只到达重庆，眼镜叔叔找到了校长，而秋芷也回到了久别重逢的父母身边。漫长的旅途结束了，洛桐和秋芷许下了好好活下去的誓言……

南京大屠杀是中国抗日战争史上最为沉痛的一页。在这座金陵古都,日本人犯下了罄竹难书的滔天罪行,30余万手无寸铁的平民和放下武器的士兵倒在了长江河畔。自2014年起,每年的12月13日被设立为南京大屠杀死难者国家公祭日。中国人民会永远铭记这场浩劫,祭奠先烈,以史为鉴,警钟长鸣。文学界对于南京大屠杀的关注研究,在九十年代开始形成热潮,近年来已蔚为大观。在历史现实和文学想象中,南京大屠杀作为一桩惨绝人寰的国家民族公共事件而存在,中国作家试图复原南京惨案现场图景,再现鲜血淋漓的受害经历,在直面暴行中揭露苦痛和罪恶,深入地从人性、伦理、文明等复杂多维的层面切入反思,疗愈民族尊严,重铸国民精神。在这一反复叙写尝试中,这一段或被历史天空遮蔽的悲壮事件将逐渐明晰、系统和完整,在不间歇地创新性讲述与阅读中加速传播、加深记忆。《1937年少年的征途》以一对在南京大屠杀中流离失所的小儿女洛桐和秋芷前往重庆寻亲为故事主线,将人生选择、家国命运与少年成长之间的关系命题置于抗日战争叙事中,在这趟颠沛多舛的逃亡中完成惊心动魄、饱受苦楚的少年征途,也带着读者一路领略中国人奋勇反击的不屈意志。

在战争爆发前,洛桐是南京城以打鱼为业的平民儿子,母亲在有钱人家做保姆。秋芷是洛桐母亲雇主家的小女儿,来自一个书香家庭,天真娇气、多才多艺。洛桐和秋芷成为好朋友,两人结伴秦淮河夜游,南京城的繁华喧嚣尽收眼底。华灯初上,行人如织,"河上悠悠地驶过一艘又一艘小船,河边的亭台上、树下、门前都坐满了人……"人们忙着享受生活的安逸祥和,下棋、喝茶、拉琴、逗鸟、聊天……串串欢笑声跟随着孩子的脚步跑出很远。来到夫子庙码头,这一石头城里最为纸醉金迷之处跃然纸上,商贾聚集,秦楼楚馆,酒肆茶社,各色人等夹杂其中,车马川流不息,桨声灯影悠悠,熙熙攘攘,热闹非凡。当洛桐的小船驶入了红灯笼倒影铺就的像彩带一样的河道,画舫乐器,灯光可亲。无数明亮的孔明灯布满星空,也点亮了洛桐和秋芷的心境。这一派歌舞升平的富足盛世景象,无数个家庭在都城过着如此平稳美好的日常生活。可这一切在1937年戛然而止,美梦被从天而降的炮火摧毁。正是前文对于秦淮河沿岸几近详尽的美景渲染，当五彩斑斓的生活瞬间被碾碎成黑色碎片，对于卑鄙侵略者的激愤之情才能在巨大反差间达到顶端。

《1937年少年征途》语言生动平实，情节曲折跌宕，以少年成长微观叙事映射国家民族的隐忍坚毅，将个体生命成熟与国家宏观叙事同文共构，洋溢着昂扬向上、乐观无畏的精神气质。"征途"具有双重寓意，一方面指涉少年成长足迹，告别静好安逸的童真岁月，在恐惧和困顿中跨越祖国高山长江，千里跋涉至偏远的重庆，可谓挑战不可能的壮举；另一方面指涉少年抵达精神新高地的蜕变，在一路逃亡中，少年目睹日本人对祖国和人民的毁灭性破坏，从眼镜叔叔、楚师航、桂生等战士和百姓身上，看到了人民为抗战所付出的巨大努力和牺牲，自身经过诸般艰险变得睿智和成熟，对人生道路的选择有了更理性清晰的判断。

在1937年这趟大逃亡中，"征途"所包含的离家、历险、归家等元素使这部小说具有了冒险小说的色彩。秋芷意外掉落江中，和父母分离；洛桐在日军攻破南京城的夜晚，失去双亲。家庭庇护失效，儿童孤零零地面对残酷的世界规则，做出离家寻求新避风港的决定。离家意味着儿童要独自承担重责，通过磨砺心性解决生存困境，克服重重阻碍实现身心质的飞跃。而秋芷和洛桐终于达到了重庆，秋芷回到了父母身边，从而得到了安全感和归属感。这时，主人公洛桐的成长危机已解除，他重新找到了人生航向，建立起自我统一性。归家既是冒险经历的结束，也是洛桐全新成长的开端。在"尾声"，我们看到了一封由洛桐战友写给秋芷的信件，洛桐并没有选择留在陪都，而是毅然决然走上前线，在驾驶飞机时掩护战友同敌机缠斗而亡。这样一个半开放式结尾，引人深思。

苏联著名文艺学家巴赫金说："个人的成长不是他（她）的私事，他（她）与世界一同成长。"抗日战争的惨烈在小说的死亡叙事中可见一斑。洛桐在与死神赛跑的逃亡中，目睹一个个鲜活生命的消亡。战争历史书中牺牲者是冰冷的数字，而在文学叙写中它们是他们，是血肉丰满、栩栩如生的个体；是洛桐的父母，是秋芷的姐姐，也是楚师航、团长和桂生这样的中国军人。楚师航在南京守卫战中战败，藏匿于人家阁楼，也许可以得以保命，可在看到洛桐差点死在日本军官刀下时，扳动手枪暴露位置；团长和桂生的军队在乡间小路上与日本人遭遇，油然而生的愤恨使他们忘记自己是在撤退，反而积极冲锋迎敌，与日本人同归于尽。从中，我们看到了中国军人誓死保卫家国的钢铁信念。

在小说中，眼镜叔叔的动物庄园曾是洛桐和秋芷的伊甸园。战争爆发后，眼镜叔叔从每种动物中挑选了一对送上轮船，秋芷不禁想起了欧神父讲过的故事，感慨道："多像洪水中装满动物的大船啊。"邪恶战争倾轧而来，末日之景如同再现，诺亚方舟缓缓启航。但雨过天晴之后，中国的有机力量会被保存，新的文明秩序将被重建。眼镜叔叔不忍心将动物庄园留在南京，做出了将所有动物迁往重庆的决定，于是，美国加州牛、荷兰牛、澳洲马、英国约克夏猪、美国火鸡……这支由数千珍稀动物组成的长队出发了，与主人公一起度过重重危机，完成了一次攸关性命的长征旅程。这名眼镜叔叔在历史上是真实存在的，他的名字叫王酉亭，身份是中央大学农学院教师、畜牧场场长。《1937少年的征途》将这段动物西迁的史实节点与虚构的人物经历相结合，无疑增加了故事的可信度和厚重感。

《1937少年的征途》叙事节奏有力，情感描写细腻，将儿童个体成长史与民族抗争史有机融合，在主人公这段饱经苦楚的遭遇中铺就一段民众奋勇抗击的不凡历程，震撼力十足。小说创作尝试不仅是对重大历史事件的重要创新范本，也是青少年了解南京大屠杀侧影的一方极佳窗口。

第三节 一位国际战士的传奇斗争

—— 赖尔《女兵安妮》

《女兵安妮》是"80后"女作家赖尔的第二部抗战题材儿童小说,继创作《我和爷爷是战友》已过了 8 个年头。经过时间沉淀和情感酝酿,赖尔将全新的所思所想寄寓到这本《女兵安妮》中,从一个外国女孩安妮的视角透析日本在南京犯下的滔天罪行。作品揭示残酷黑暗的抗日战争带给儿童永久的精神创伤,塑造了一名勇敢可爱的国际战士形象,谱写了一曲中华儿女与国际友人联袂出演的世界反法西斯传奇战歌。

在作品的"楔子"中,13 岁的主人公安妮出场了。安妮目睹南京灭绝人性的屠杀现场,母亲被刽子手杀害,她受刺激晕厥,并因此患上了失忆症。1938 年 5 月,安妮加入了新四军队伍,一心要为母亲报仇。刚刚加入队伍的安妮,时常做噩梦惊醒战友,面对战友的关怀也表现出冷漠和抗拒。看到安妮的怪异行为,战友们对这位红头发的外国女孩心存疑窦,称她为"红毛妖怪""异国奸细"。排长莫恩生像一位兄长耐心地开导安妮,一点点融化安妮封闭的内心。排里只有一杆枪,打得最好的士兵会得到它。安妮回想着噩梦中出现的高大男人,暗暗下决心要拿到枪报仇,于是每天认真练习。在打靶训练中,同为新兵的郑多鱼因为从小在水边长大惯于叉鱼,连射三枪都命中靶心。正当所有人都认为这把九八式步枪一定属于新兵郑多鱼时,安妮打出射在稻草人身上的两枪,一枪在左胸,一枪在眉心。安妮对惊讶的莫恩生排长说这两处是致命的。莫恩生的师弟吕小驴不喜欢安妮,说动了郑多鱼,两人设计了圈套,将安妮骗到树林里用渔网吊了起来。第二天部队集合没发现安妮,吕小驴赶到树林里,发现安妮已经昏死过去。吕小驴拒不认错,被排长莫恩生,也就是他的师兄关了 10 天禁闭。吕小驴在关禁闭期间,排长带队埋伏了日军,莫恩生在掩护郑多鱼撤退时牺牲。小驴拿到师兄的遗物后泣不成声,和安妮冰释前嫌。张连长来队里慰问,调会唱戏的小驴去战地服务团戏曲组,会画画、会中英双语的安妮去军部做宣传工作，两人经过慎重思考和思想斗争后接受了调令。来到宣传组的安妮，遇到了印度医生罗咯纳斯。罗咯纳斯请求安妮做翻译，劝她加入医疗队，在看到安妮过激反应后得出她患了"PTSD"（创伤后应激障碍）的结论。戏剧组的幺儿患了疟疾，安妮陪罗咯纳斯找到卖黑药的马老板，谁知幺儿吃了花重金买的奎宁丸不见好，才发现马老板克扣药量。安妮和吕小驴前去敲打马老板，得知她梦里那个模糊不清的杀人凶手姓周。朱团长为小驴讲述了莫恩生加入中国共产党的前后事迹，小驴立志要成为师兄那样的人，接过了一本《共产党宣言》。8月公演，小驴饰演的汉奸非常成功。安妮也如愿见到了噩梦中的"仇人"，却发现他竟然是自己的父亲。原来，安妮的祖父周一博是清政府公派留学的学生，他年幼赴美，在耶鲁大学深造，在被清朝除名后，在美娶妻生子。祖父看到日本侵华消息后脑中风而逝，儿子乔治·兰德秉承父亲遗愿，参加国际红十字会，回到中国施行人道主义援助。乔治的妻子露易丝和女儿安妮担心他的安危来到南京探望，没想到这里发生了战事。本来三人可以乘坐飞机离开南京，但乔治救助了一个中国小男孩耽误了行程。露易丝保护小男孩被日本人杀害，安妮看到后受到惊吓，慌乱中与父亲走失。安妮醒后看到父亲大哭，可两人重逢不久，乔治就接受了前去上海的任务。安妮在找到自己过往记忆后有了欢笑。直到有一天，父亲在上海失踪，安妮和组长王心一、吕小驴接受潜入沦陷区上海取回秘密情报的任务。安妮三人来到上海，得知父亲乔治通过情报网将一名日本记者冒死拍下的南京照片送回。组织上要求大家保护日本记者大桥久濑，乔治本已安排好要将安妮和大桥一起送往应该，但是他下落不明。夜晚，陈伯、王心一、安妮和小驴扮成守灵的平民，大桥久濑藏在棺材里，坐小船前往租界。小船惊动了日本人，一番扫射后，陈伯掉入湖中，王心一中弹。安妮举起手枪，击毙了几个日本人，但小驴在救护落水的大桥久濑时牺牲。安妮在失去好友后决定克服内心障碍，成为一名医生。不久后，安妮作为医疗队成员碰到了伤患郑多鱼，此时的他失去了一只眼睛，而安娜不再悲伤，她背着战场急救包和小驴的那本《共产党宣言》时刻准备着战斗……

13岁的女兵安妮，一头红发彰显着她的异国身份，在战火纷飞的年代，她毅然决然地加入了新四军，成为一名国际战士。作者利用插叙、倒叙和顺序的手法，多线并进，交织缠绕，安妮的身世、在南京大屠杀的遭遇和为母寻仇加入新四军等情节徐徐推进。"楔子"将安妮的遭遇推到台前，这一设置制造了悬疑感，逐渐在噩梦闪回和情节推动中还原事件的真相，增加了作品的可读性，令人耳目一新。

《女兵安妮》的扉页上写着"拯救一条生命，拯救一个灵魂，拯救，没有国界……"，"拯救"是作品的本质和内核。第一层"拯救"是人类的互助关怀。当罗咯纳斯断定安妮罹患"PTSD"时，安妮陷入了深深的迷惑中。"PTSD"这个词时至今日已经不是个新鲜词汇，它的中文名字叫作"创伤后应激障碍"。这个词最先在中国被熟知是在汶川地震后，人们意识到这种精神上的障碍其实是一种持续和严重的心理疾病，影响不可小觑。据实证调查，"PTSD"在第一次世界大战、第二次世界大战后被提出，许多经历灾难性战争的士兵或平民出现了不同程度的心理创伤。英国籍的安妮跟随母亲来到中国探望父亲，没想到目睹母亲被日本士兵刺死在自己面前。在她的梦里，"一条条血蛇""母亲支离破碎的身体""拿着刀的模糊身影"频繁出现，导致安妮陷入了自我怀疑、沉默和焦虑。新兵郑多鱼第一次上战场，排长莫恩生保护他而牺牲。郑多鱼承受不了巨大的刺激，状态变得不稳定。郑多鱼一度陷入了和安妮一样的"PTSD"深渊，安妮理解郑多鱼的恐慌不安，她把郑多鱼拉到安静的角落，对郑多鱼说"你安全了"，此举不仅拉近了两个异国少年的心理距离，而且拯救了精神濒临崩溃的战士。在灭绝人伦的黑暗战争阴影笼罩下，少年间的相互依偎、相互温暖闪烁着人性的微光。

第二层"拯救"是中国共产党人的精神引领。安妮逐渐走出内心的沼泽地，期间不止受到了吕小驴、郑多鱼战友的关心，父亲、罗咯纳斯的帮助，而且最直接的是得到排长、朱团长如兄如父的关爱。安妮在刚来到新四军队伍时，当她受惊如小兽般紧紧咬住排长莫恩生的胳膊时，莫恩生默默承受着疼痛安慰她："安妮，你之前经历了什么，我们无法想象，也无法改变，但是从今往后，有我莫恩生在，就不会再让你受委屈。我们是一家人，是你可以信任的人。"排长为了保护新兵抗击日寇而牺牲，他无私无畏、坚强勇毅。排长莫恩生和朱团长在少年犹疑痛苦时适时出现、开导教育，他们不仅是安妮这些年轻战士的保护者，更是他们思想启蒙者和精神引路人。像阳光一样普照大地的共产党人启迪着安妮和小驴，促成着他们后期克服艰难，向阳而生的转变。安妮最终成功走出情绪阴霾，成为"一家人"中的重要一员，这种成长蜕变与共产党员在革命时期起到中流砥柱的作用密不可分。

第三层"拯救"是中国共产党神圣光辉的润化。安妮需要一支枪复仇加入了新四军，在这支队伍里除了中国人和安妮、安妮爸爸这样的英国人，还有印度人、加拿大人、奥地利人甚至日本人，这样的人员组成宣告着中国共产党有容乃大、开放融合的气度。中国共产党接受每一份举起反战旗帜的异国友情。师兄莫恩生牺牲以后，小驴来到剧团，拒绝朱团长为他选择的"汉奸"一角。朱团长向他道出莫恩生加入中国共产党的经过，评价其"没有一刻愧对党员的身份"。中国共产党人的精神在莫恩生身上具象化，这种别样奉献的光辉令小驴受到全新洗礼，小驴感到"内心深处有一扇门被打开了，阳光从门里映照进来，照亮了他面前的道路"。小驴在夜渡上海时，奋不顾身保护日本记者牺牲，做出和师兄一样的价值选择，这一刻他已然成为合格优秀的中共党员。莫恩生、朱团长以及小驴、安妮等千千万万个战士都是共产党信仰的载体，他们奋勇向前、以命捍国，践行着最初面向党旗的宣言。生逢乱世是不幸的，但是在中国共产党的带领下冲向黎明，这群战士沐浴着党的光辉成长，他们又是幸运的。

作者赖尔笔法细腻、刻画到位，《女兵安妮》中的人物真实可感，其间主人公的创伤性体验，遭受刻骨的疼痛与感受人性温暖后自愈的书写具有很强的艺术感召力。少女少年经历枪林弹雨的跨国友谊令人动容，为正义和自由而战的反法西斯国际联盟战线筑成一道铜墙铁壁，共同抵御帝国主义侵略风暴来袭。这部作品出色地塑造了形象独特的异国少女战士和一段曲折丰富的抗战故事，是献给百年前领导中国人民进行艰苦卓绝、义无反顾革命斗争的中国共产党的最好礼赞。

第六章
流亡的黑土地

　　提及东北历史，我们不能忘记发生在这片热土上那十四年如漫漫长夜一样的抗日战争。东北籍作家薛涛、张忠诚和常新港以东北抗日历史为描写对象，在宏大历史长河中打捞东北抗联历史和百姓生活内容，展开关于东北"寻根式"的追述。薛涛的"满山"系列、张忠诚的"抗联三部曲"系列和常新港的《寒风暖鸽》皆以浪漫深邃的文学想象赋予东北抗战历史血肉，小说中弥漫着东北文学独有的粗犷而强烈的气息，那片神奇的黑土地上广袤的景观和铁血宏伟的抗战事迹奇妙交融成"东北"书写的异质性。

　　"满山"系列和"抗联三部曲"系列毫无疑问都是大部头作品，具有"民间史诗"的艺术品质。"满山"系列展现了一个少年满山的成长，他从夺回蝈蝈笼的雪耻行径到领悟反击侵略者的必然，在冰天雪地中逐渐成为一位抗联小战士。"抗联三部曲"不限于描写一个人的成长，而是从个人、群体、战线三个维度构建东北全民抗战的新图景。《寒风暖歌》则通过中、俄、犹、日四国儿童的互动交往，突破单一民族叙事，体现跨文化视野与终极人道主义精神。

第一节　致敬东北抗联的"男生之书"
——薛涛"满山"系列

出生于二十世纪七十年代的东北籍作家薛涛，是中国第五代儿童文学作家领军人之一，也是辽宁儿童文学作家群的中坚力量。以少年小说为主攻方向的薛涛，近年在抗战题材领域开疆拓土，推出致敬东北抗日联军著名民族英雄杨靖宇的"满山"系列，分别是 2011 年的《满山打鬼子》，2013 年的《情报鸽子》和 2017 年《第三颗子弹》。

三本书各有殊荣：其中，2011 年，《满山打鬼子》荣获第八届全国优秀儿童文学奖；2013 年，《情报鸽子》被中国儿童艺术剧院改编为戏剧《送不出去的情报》，受到观众喜爱；《第三颗子弹》入选 2018 年北京国际图书博览会（BIBF）联合人民网举办的"BIBF 遇见的 50 本好书"，排名位列小说类图书之首。以主人公小英雄满山为原型拍摄的电视连续剧于 2014 年上映。

在《满山打鬼子》的题记中，作家薛涛满怀深情地写道："这本书献给一位 35 岁的将军。他在冰天雪地里忍受饥饿，忍受寒冷，弹尽粮绝。他挺住了，站着死去。他的个子很高，站着死去的样子很挺拔。"这位悲壮英勇的将军是杨靖宇，一位将自己短暂而辉煌的生命燃烧在东北大地上的抗日联军首领。"林海雪原铸英魂，忠肝铁胆死未休"，新中国成立后，杨靖宇将军被评为百位抗日英烈之一，他的事迹堪为后世表率楷模。薛涛"满山"系列中塑造的小英雄满山加入了东北抗联，在杨靖宇将军的带领下成长，何尝不是寄托着作者希冀民族之魂代代相传，少年能在中国共产党领导的新时代伟业中奋勇前行的美好期待。

满山在《满山打鬼子》中初登场时，只是一个住在东北小镇"灌水镇"、喜欢玩蝈蝈的小少年。此时，灌水镇被日本人占领，车站住进去八个日本兵。满山年纪小小却一身正气，生平最敬佩的是东北抗联的杨靖宇司令，可是舅舅海川投敌做了副站长，让满山一家在乡亲们面前抬不起头。

站长河野抢走了满山最喜欢的蝈蝈笼,他日思夜想着取回笼子。为此,满山纵火烧着了灌水车站的票房屋顶,旁观了端午叔炸了杨木川大桥。但镇上的人都以为是抗联的行动,与小满山无关。端午叔被日本人抓走,满山勇救端午叔,称自己才是日本人搜寻的罪魁祸首,令好友李小刀敬佩不已。通过李小刀,满山认识了天真友好的日本女孩河野直子。原来河野站长拿走的蝈蝈笼是送给直子的,但二人的友谊随着抗日联军炸了车站,河野站长身死暂时告一段落。日本军犬大勇作,在车站爆炸中受到惊吓,与部队失散,被满山收留改名为千寻,逐渐淡忘了过去。好友李小刀不愿屈服于学校奴化教育,满山陪着赤身裸体的小刀在雪地中罚站,一遍遍唱着"跑马城",第二天小刀发烧离开了人世。经过了种种事件,满山对日本人和为日本人做事的舅舅恨之入骨,没想到舅舅竟然是潜伏在日军中的抗联战士,他在一次偷袭任务中暴露身份,被日本人悬尸示众,灌水镇的每个百姓都为这个暗夜英雄流下了眼泪。满山携带着舅舅临死前交付的重要情报,带着忠犬千寻,穿越茫茫雪原,历经重重险境,成功将情报带给了抗联杨靖宇司令。抗联得到情报,在杨木川大桥炸毁日本人的运兵车。而满山加入了抗联少年营,跟着大部队,向着长白山开进……

　　《满山打鬼子》故事时间大致是东北抗日战争初期,而《情报鸽子》的时间线已到了二十世纪三十年代末至四十年代中期,此时,满山已从懵懂朴实的小男孩逐渐成长为一名可靠勇敢的抗联小战士。《情报鸽子》故事发生在这样的背景下:1938 年 6 月,东北抗联第一军第一师师长程斌叛国投敌,出卖抗联军事机密,抗联蒙受重大损失,尤其是隐匿在长白山中的抗联密营几乎全部遭到破坏。可以说,东北抗联到了生死攸关的时刻,杨靖宇司令带领部队与敌人周旋作战,战士们风餐露宿,处境极为险恶。这一天,杨靖宇司令叫来满山,让他将一份重要情报送往奉天。满山的故事开始了。怀揣着对部队恋恋不舍的情绪,满山翻山越岭,扒乘日本火车,来到了已被日本军占领的奉天。满山在紧挨宪兵队大楼的奉天饭馆当起了小伙计,伺机前往乐家药铺送情报,却发现老板不是自己要联系的线人。情报藏在一根细细铁芯里,满山费尽心思想将它放在安全的地方,没想到一波三折,先是被一个日本小兵拿去当了玩具,又被一个小乞丐带到了宪兵大队。满山声称自己会飞石功,借机进宪兵大队寻找情报。在那里,满山重逢了在长白山结识的马戏团师傅和师兄李小刀,正是他们教会了满山飞石功。满山、马戏团师傅、李小刀和小乞丐为宪兵队队长生日出演节目,马戏团师傅想到了将情报藏在马戏团鸽子翅膀下面的办法,却没想到鸽子被宪兵队队长射下,一同留在了白雪覆盖的屋顶。小乞丐想爬到屋顶偷鸽子吃肉,被日本小兵射断绳子掉下。满山虽知道小兵不是故意射死小乞丐,还是不愿轻易原谅,但两人面对成群结队飞来奉天城的乌鸦群,达成了共同驱除的一致约定。可没等到这个计划成功,日本小兵被抗日先遣部队炸死,整个奉天城回到了自己人手里,怅然若失的满山这才发现一直搜寻的情报线人正是收留自己的饭馆老板,而那份情报其实是一份抗联牺牲名单。原来,杨靖宇司令早就做好了牺牲准备,是为保护满山,将他派出所写⋯⋯

《第三颗子弹》同样发生在程斌背叛抗联的背景下,是与《情报鸽子》平行而生的故事。少年满山渴望上阵杀敌,梦想有一支像样的长枪。抗联缴获日军仓库后,发到满山手里的却是一支只有 3 颗子弹的南部 14 年式老枪。夜晚,这把老枪不小心走火,这第一颗子弹暴露了抗联的藏身位置,敌人闻声而来。匆忙撤退的满山与大部队失散,在长白山追寻部队的踪迹,却与一名日军讨伐队溜出来的逃兵相遇。这名老兵的儿子战死,孙子生病,他无法忍受这种生活,决意逃回日本继续当一名厨师。满山用第二颗子弹救治了老兵的腿伤,准备押送着这名俘虏到抗联营地。路上,两人刚逃出了袭击他们的白额虎地盘,躲入了一个看似安全的山洞,就碰见了日本军人长官菊田、电报员和侦查员。满山和老兵藏在厚厚的枯叶下面偷听到电报员哭泣,老兵惊喜地认出这个电报员是自己的侄子勇野,他很想将勇野带回日本继承自己的饭店,但两人没有时间相认。为瞒过山洞里的日军,老兵装作押送俘获的满山,两人打算离开山洞。日军的侦察兵建议老兵先去找前线的长官菊田通报抗联情况,于是两人将计就计和侦察兵出发。路上,老兵和满山合力骗过侦察兵,成功逃出。可老兵惦记侄子勇野绕回了山洞。勇野拒绝了伯伯一起逃回北海道的请求,想坚守在阵地上为日本献出生命。长官菊田回到山洞,用望远镜监视着要塞的情况,那里日军和抗联正在进行坑道战。这时,电报员勇野收到了日军要于一刻钟后轰炸要塞的电报,菊田疯狂地冲回要塞,而勇野也没有被老兵和满山拦截下来。轰炸过后，双方部队伤亡惨重，老兵和满山两人默默合作，将己方的战士一个个妥善安葬。满山的最后一颗子弹派上了用场，打断了椴树树冠，勇野的遗体应声而落，老兵和满山将勇野埋在了两国战士的分界线上。已经产生友谊的满山和老兵和平分手，朝着自己的目的地前行……

毫无疑问，满山是崇拜喜爱杨靖宇将军的，他时常渴望上阵杀敌，也非常重视上级指派的任务。在这部少年小说中，杨靖宇将军充当着"父亲"的角色，他站立在少年满山面前，既构成满山的烘托和背衬，提供少年一份安全、踏实的依撑，又成为满山成长远行的精神导师，刻在骨子里属于东北人的阳刚、大义、勇毅无一不与杨将军息息相通。虽然在这段"儿童—成人"关系中，两者并无血缘关系，但少年满山最初抗日动机与最终踏上这趟英雄之旅的动因，正是来源于东北抗联杨靖宇司令的伟岸身影。成人在儿童面前，承担的正是指向光明前程、教引生活的责任。

东北三省在抗日战争时期是全国最早沦陷的地域，苦难文化记忆深植这片缄默的黑土地。"满山"系列从儿童稚嫩纯真的视角出发，穿梭广袤林语，穿越枪林弹雨，童心直逼人性，善恶在阳光下真相大白，奏响一首首慨而慷的赞歌。《满山打鬼子》中的小满山，在一段"自然视角"中出现："日本兵的皮靴子踢里踏拉，也不懂得轻点儿走路。他们一过来，家雀儿飞得高高的，都要累吐血了……蛐蛐也哑巴了，不敢拉胡琴了。"战战兢兢的家雀儿和蛐蛐令人哑然失笑，日军侵略暴行造成恐怖紧张的氛围感油然而生。紧接着，叙述转向了主人公满山的视角：满山不信这个邪，挺着胸脯站在路边，眼看着日本兵的队伍开过镇子……满山仰起头跟家雀儿喊："你们跑啥？有什么怕的？"满山还蹲在草丛边上，跟蛐蛐喊："都出来，怎么哑了？"憨直、单纯、血气，一个活生生的东北儿童——满山在举重若轻的几句话中立住了形象，童年与战争极致对立的"异质"关系也随之烘托出来。日本人暴力抢走满山的蝈蝈、老奎爷和李小刀被日本人逼死、舅舅卧底被发现后砍头以及直子黯然离开，一个接一个亲近之人的伤逝，使满山的童年蒙上了易碎晦暗的阴影。报仇曾一度成为满山加入抗联行动的全部支撑点，他身上机智勇敢、正义刚烈、出奇制胜的光环不亚于小兵张嘎、王小二这样的经典红色儿童形象，但这名小战士具备的脆弱、共情、怜悯柔质，使他能够捕捉那一缕灵魂缝隙透出的微光，那光芒耀眼纯粹，救赎了自己和遇到的每一个好人。

"满山"系列三部曲以抗联小战士满山的生活行动轨迹为叙事核心，形成了"中国儿童—中国儿童""中国儿童—日本儿童""中国儿童—中国成人""中国儿童——日本成人"多元多维的人际关系圈，突破敌我二元对立模式，转化为共存共生复杂模式。这一模式较之战争双方矛盾的简单化、扁平化处理，更为贴近历史的真相，接近人性的深度。在三部曲中，占据"二号人物"这样极重分量的是日本友人，《满山打鬼子》中的日本女孩直子，待人真诚无私；《情报鸽子》中的日本小兵，心怀友善却软弱无奈；《第三颗子弹》的日本老兵，平和亲切，一心归乡。满山在国破家亡、深仇大恨的心境中，仍选择向直子、小兵、老兵伸出友谊之手，恰恰符合儿童期望美好、感性温暖的特征。

除却书中主人公，"满山"系列亮点在于塑造了相当丰富立体、不同身份的日本人形象。在作品中，日本侵略者这一刻板符号被具象化，他们一方面是战争的加害者，选择效忠天皇、服从国家意志，另一方面是战争的受害者，远渡重洋、远离家乡，面临着无尽死亡和良心谴责。矛盾双重身份的界定颠覆了中日完全对抗的关系，为儿童理解和观照敌人思想活动打开了入口，比如《满山打鬼子》中的河野站长，抢了满山的蝈蝈笼，是想送给自己宠爱的女儿直子；教师小泉向孩子们灌输奴化知识，撕碎直子给满山的友好信件，但看到李小刀在雪中罚站背诵课文时，意识到他们不过是孩子，在小刀病逝后开始反思所作所为；《情报鸽子》中的宪兵队长，沉迷于"神国日本"春秋美梦，却在乡愁牵动下回忆母亲，眼角一滴眼泪令人动容；《第三颗子弹》中的勇野，受到日本政治"义勇奉公，扶翼天皇"鼓吹，放弃理想，死在异国，可他原本是一个纯真乐观的小男孩，思念故土，依恋家人。褪去侵略者外衣，这些日本人也是最普通不过的父母、子女、朋友，拥有最寻常不过的喜怒哀乐。战争不曾杀死生活，作品着意细致勾勒日本个体内心情感波动和精神实态，对战争的普及性罪恶进行人性层面的反思，体现出超越狭隘民族观念、大爱无疆的人道主义关怀。

东北物产资源丰厚，自然风光绝佳。在穷凶极恶的日本侵略者举兵来犯之时，深爱这片土地的人们奋起反击、不灭不休。东北抗日联军是一支光荣的共产党抗日武装队伍，它与盘踞东北的日军进行了长达14年艰苦卓绝的殊死抵抗，为夺取中国抗日战争胜利发挥了不可磨灭的关键作用。白山黑水养就了人民爱憎分明、大义凛然的英雄气概，即使是年纪小小的少年，也拥有钢铁一般的意志、万丈豪迈的性情。虚构文学形象"满山"脱胎于曾真实存在过的英雄少年团——抗联少年营。少年营由一批十几岁的少年组成，他们奋勇作战，屡建奇功。后来因师长程斌叛变，少年营一度解散。杨靖宇司令于1938年8月在辑安县重新组建了一支少年队伍，名为"少年铁血队"，队员中年龄最大的18岁，最小的只有14岁。他们初生牛犊，却个个顶天立地，浴血奋战的高贵姿态不比任何成年人逊色。《情报鸽子》的结尾，当满山得知杨靖宇司令交给他的是一份抗联将士牺牲名单，我们是否和满山一样泪流满面，为共产党人用心良苦保护幼苗的初衷感动到不能自已。

作家薛涛在丰饶绚烂、色彩斑斓的景致描写下展开了一幅生动的东北人民抗战画卷，洗练如水的语言如长白山皑皑雪气一般纯净素洁，鲜明浓郁的地域特色为作品平添幽默逸趣的魅力。薛涛曾在小说的后记中谈起创作初衷："满山的故事不仅是一个好玩的故事，它通篇都在锻造刚健的人格，通篇都在书写一个男孩如何成长为一个真正的男人，承担起道义和责任……"诚如是，"满山"系列塑造刚强不屈的性格，培植拼搏无私的胸怀，弥布其中大无畏的乐观进取精神，面对坎坷不懈追求未来以报效国家的英雄主义气概，足以让任何一个生活在蜜罐中的男孩审视和反思。期待这部致敬东北抗联的"男生之书"再出续章，给予人们对阳刚之力和男性气质新的思考和感悟。

第二节　白山黑水间挺起人民的脊梁

——张忠诚"东北抗联三部曲"

　　东北籍青年作家张忠诚是一位潜力无限的实力派作家,近年来创作了多部反映东北地域文化题材的儿童文学作品。白山黑水的东北大地神性辽阔,奔涌沸腾的黑龙江、皑皑冰雪的大兴安岭、苍莽无际的松树林、梦幻童话的北极村,犹如生动的火种植入了一代代东北作家的灵魂深处。东北作家作品浸润着雄浑、刚直、大气的地域文化因子,这也是这片黑土地赠予的独特精神血脉与风格气息。作家张忠诚生于斯长于斯,在这片富饶金黄的历史土地上开凿深耕,做一位坚定执着的拾麦穗者。2022 年,张忠诚新推出"东北抗联三部曲"《柿子地》《龙眼传》《土炮》,以三个乐章共同谱出一部东北人民抗战华彩而悲壮的命运之歌。

　　《柿子地》讲述了双羊镇小学师生与学校主事吉野为代表的日本侵略者之间斗智斗勇、反抗日本奴化教育的故事。茂生是双杨镇小学的学生,他学校的日本主事由凶残的原田换成了当过兵的吉野。吉野是比原田更凶残的敌人,一来就体罚学生,盯上了个高勇敢的陈铁血。田校长和韩先生称陈铁血愿意改回原名陈智仁,也愿意给吉野种番茄,吉野同意了。韩先生另有主意,在番茄园给学生们开小课,打造成自己的柿子地。茂生功课最好,不像陈铁血一样明着和日本先生作对,他负责写每日的揭示板。这块揭示板本来一半写日本新闻,另一半写孔子《论语》,但吉野命令茂生都写日语,还扇了他几个嘴巴。田校长护着学生据理力争,吉野才改口说黑板的三分之一可以写《论语》。陈铁血跟爷爷学说评书,每晚睡前给大家讲一段《戚家军平倭记》。吉野推行日语惩罚令,要求学生说的每句话都得带日语词,谁做不到就体罚谁。田校长看到吉野折腾自己的学生,声称要将吉野告到山口督学和大久队长那去,他才罢休。吉野让茂生在黑板上抄制日本人画的地图,地图里伪满洲国和日本都是粉颜色,中国其他地区都是黄色。茂生心不甘情不愿,摄于吉野的淫威将地图抄好,但他动了心思，将粉色的两个地区涂的轻重不一样。吉野很满意茂生的听话，说要将他保荐到日本上大学。茂生家穷，三妹年纪才10岁就出嫁，全家人为了供他念书花了大力气，茂生不愿意辜负家人的期待。吉野正欣赏茂生写的黑板报，发现有人将"大日本"改成了"小日本"，他让全校师生都将"小"写了一遍也没发现是谁的字迹。吉野使诈将这件事情扣在陈铁血身上，好在田校长买了鸡蛋赔罪，韩先生又将番茄园成功育苗归功于铁血，才使得吉野暂时放下了私仇。吉野给学生们上操练课，和除了茂生以外的人比摔跤，大家摔得很惨，尤其是陈铁血。同学们省下窝头口粮匀给铁血，抽时间当他的陪练，希望他能在摔跤比赛中获胜。卖火烧的乌恩叔教了铁血几招，铁血进步得很快。上边下了庆祝"一德一心日"的训令，茂生按照吉野的指令画了黑板报，他用白粉笔写下"日之完"后用红粉笔盖住。下了一场大雨，冲刷了黑板字迹，张执一发现了茂生的心思，赶紧驱散了看热闹的同学们。张执一和陈铁血都认定要告密只可能是亲日派的学生田少康，田少康一反拥护日本人常态，说自己父亲请日本人小岛队长吃饭，因说错话挨了巴掌，他也开始记恨日本人了。吉野门上让人挂了臭烂的猪尾巴，可他怎么也找不到是谁干的，不由得大发雷霆。韩先生请同学们吃乌恩卖的火烧，在番茄园里给大家声情并茂地讲述了《最后一课》。茂生听吉野的吩咐每天在本子上记好番茄成熟情况，有一天发现少了3个红柿子，他听韩先生的如实汇报给吉野。吉野栽赃同学们偷吃番茄，韩先生找到了一个干脚印，让学生挨个放进去比画，却没找到这个"贼"。其实是吉野贼喊捉贼让韩先生看到了，他料到这个办法让吉野没法陷害。因为"七七事变"爆发，山口督学没按时来到学校视察，陈铁血趁着吉野不备采摘了番茄园的西红柿，茂生想了办法计数没捅破。默默不语教美术课的秦先生原来是抗日救国会成员，她就是那个将"大日本"改成"小日本"的神秘人。在日本宪兵前来捉拿秦先生前，抗联设计将她救走。吉野新学期想出了让同学们练劈刺的课程，陈铁血练劈刺练得最好，茂生担心挨训，便在潜伏的时候一动不动。没想到一条花练子的长虫爬进茂生衣服里要了他的命。半夜，乌恩蒙着脸前来教训吉野，将其摔得鼻青脸肿绑在树上。田少康曾被原田认作养子，原田在与抗联战争中被打死后，田少康被日本人训练去往火车站接骨灰，田少康心中愤愤，也拒绝了父母让他去日本念书的要求。红透的柿子让老鼠咬下一个,吉野非要从同学们找出一个元凶,陈铁血提出要和吉野比赛摔跤,吉野发了狠说铁血摔不过他,没想到经过千百次演练的铁血摔死了吉野。田校长和韩先生帮着陈铁血瞒下此事,陈铁血带着钱和火烧逃命。韩先生被关了几天后放出来却成了哑巴,离开了双羊镇小学去了山村小学,张执一在通烟囱时发现了先生藏在柿子地的秘密,原来不规则的畦埂间藏着山水地图,那三条曲折的沟渠是松花江、黄河和长江⋯⋯

《柿子地》作为"东北抗联三部曲"的开场篇,在伪满洲国长达 14 年的奴化教育阴霾下铺展一幅关于文化抵抗与生命觉醒的画卷。小说通过塑造一些性格各异的众生相,构建非常态生活背景下的多维精神镜像:茂生是其中最出彩的人物之一。茂生家很贫穷,三妹才 10 岁就被送去当童养媳,全家人聚力供茂生学习,而茂生的期待也不过是自食其力、不让家人失望。为此,茂生忍受吉野的呵斥和暴打,默默绘制黑板报,不被同学们理解、同情,是这时期压抑顺从的普通老百姓代表。但这个冷酷时代容不下茂生实现自己本本分分的小愿望,他在日本主事吉野的权力碾压下无声息地消亡。茂生死于一条本可以躲避的长虫,但吉野比这条长虫更可怕,所以他避无可避地走向了生命的终点。茂生的隐忍和乖巧没有为他换来生存的可能,反而成为敌人凌虐拿捏他的借口。与茂生悲剧性性格形成强烈对照的是同学陈铁血,铁血名如其人继承了祖父陈铁嘴的钢铁基因,他对日本主事吉野的碎嘴毒舌和奋起反抗反而为他争取了"生"的可能。陈铁血与吉野较劲摔跤,不仅得到了同学们的全力支持,还得到了师傅乌恩的高明指导,从开始铁血只会使蛮力让吉野摔得人仰马翻,到最后成功摔死吉野。虽然读者对这个结果早有预期,但文章巧设伏笔、一波三折,随着文章高潮的到来令人拍手称快,这就是文学一以贯之"以弱胜强""正义必然压倒邪恶"的魅力。

除了茂生和陈铁血,大胆心细的张执一、坚守自我的田少康,护犊情深、机智勇敢的田校长和韩先生,以及身体残缺、心狠手辣的吉野,形象饱满、栩栩如生,演绎一出双杨镇师生同心协力与文化殖民统治做坚决斗争的戏码。主事吉野右眼失明、右手残缺的生理缺陷与其心术不正、奸诈邪恶的心理动机相符,他代表着日本侵略者在这片土地上无时无刻不在进行的文化欺压、精神摧残和肉体打击，总是能不断炮制出压榨伤害人民的方法。韩先生以种西红柿为掩护，不仅在柿子地里给学生们讲述国语课，而且开挖了象征中华民族的长江、黄河和松花江三条河流。当学生们站在宿舍房顶远远望去，看到韩先生精心绘制的中国地图，用心良苦的隐秘教学仪式已超越了一般知识传授，而被赋予保存民族记忆、中华精神代代相传的深刻寓意。

不同于《柿子地》立足揭示奴化教育意图从精神文化层面上"去中国化"的险恶用心，《龙眼传》和《土炮》将重心移回武装抗战日常。《龙眼传》通过一个小男孩龙眼在战争中家破人亡、被迫颠沛流离的故事串联起东北抗联的壮烈事迹，竞相出演的人物群像和时代图景形成一幅流动的历史画卷。龙眼和母亲生活在锦州城，父亲是东北正规军的一名营长，已经很久没有消息了。这一日，日本飞机轰炸锦州城，母亲被炸死，龙眼只得走上逃亡路去乡下找爷爷。走了一个月，饥肠辘辘只披着条破被子的龙眼终于走到了碱草村，爷爷看到孙子破衣烂衫已经是个小乞丐了。五牛镇来了一股义勇军，是陈铁耕的独立旅。日本人听闻后来村扫荡，抢了不少鸡鸭，砍死了左手有茧的柳有水。柳有水的父亲发了狠，让二儿子刘有金变卖家资，买了不少枪弹装备起一支百十来人军队，报号"灭日"，后加入陈铁耕独立旅。爷爷带龙眼去山洞里捉鸽子，遇到了受重伤的陈拾年。龙眼和拾年叔是旧相识，龙眼逃亡时还时常想起拾年叔的妻子梅姨和夏宝。龙眼告诉拾年叔，梅姨和夏宝从锦州城离开逃难去了。拾年叔伤势加重，用了龙眼爷爷拿的药仍不管用，临死前交代龙眼把手枪交还独立旅，原来他就是旅长陈铁耕。日本人张贴告示要求取缔枪支，汉奸尤麻子和日本人来村检查，抓走了怀疑的几个村民，其中就有龙眼爷爷。不久后，日本人又让碱草村人拆了房子搬到白马村，龙眼四处找食吃，饿得厉害只好冲了骡子粪找里面的苞米。独立旅夜袭日本人，龙眼将陈铁耕的枪支还给队上，又开始逃亡之路。龙眼讨饭来到虹螺镇，遇到了在大户姜家帮厨的梅姨。龙眼被姜家收留，将拾年叔的遗物转交给梅姨。没过多久安生日子，暴雨淹了姜家田地，善心的姜老太病重去世，梅姨带着龙眼和夏宝过上饥贫交加的生活。龙眼看到县城街上有人招煤矿工，将报名赚回来的 4 个馒头交给梅姨转身跟着去了矿山。大矿山里都是被诱骗过来的劳工，龙眼被分在第五矿区。小野队长领着 5 个日本兵监工，分矿区还有大把头齐驼子，二把头陈喜、麻三等人。小把头更多，老陶是饭头，老六是骡头，管着矿上几百劳工。矿上每天都有人死去，病死、饿死、塌方砸死、透水淹死，还有人死于鞭子、棒子和枪子儿。美术教员孔先生思念自己的儿子，在石头上画画，让陈喜发现后报给小野，小野差点打死孔先生，认为那是造反信号。小把头陈皮利用大把头和二把头的矛盾说动了齐驼子，救下了孔先生，与其商议要制订计划，真正起事暴动一次。劳工大熊带人逃跑，日本人发现后打死了 17 个人，剩下的人有的被绑在电线网上被电死，有的被关在柜子里捂死。老六在运送尸体去埋葬时发现只有一个叫五羊的小孩意外活下来。陈皮想了办法将五羊送到井下。孔先生和陈皮散出谣言说井下闹鬼，吓坏了心虚的齐驼子和陈喜。煤矿透水，陈喜没及时上报，300多人撤出来不到 100 人，小野为了安抚劳工情绪，枪毙了陈喜。麻三和陈皮决定当晚起事。麻三抢占了炮楼位置，老六击毙了小野和两个鬼子，龙眼溜上屋子用手雷炸了鬼子房间。陈皮分发了武器弹药带着大家进了深山密林，可惜孔先生让流弹击中牺牲。白天，陈皮领着 100 多人组建了抗日队伍，名号为陈皮大队。不久后，陈皮大队打出名号，编入东北抗联第一军杨司令的队伍。陈皮大队急行军到朝天岭山下，捣毁了匪穴，准备绕开鬼子回牛莠山。鬼子一直疯狂追咬独立大队，陈皮留下老六保护龙眼、五羊和从土匪那救的三个孩子。队上缺子弹，在抵挡了日本鬼子几波攻势后迎来大决战。老六领着五个孩子藏在密林里，听着前山战斗的声音。天亮后，陈皮大队从这世上消失了。老六送三个孩子回家，又将龙眼和五羊送到梅城曹家染坊，自己就离开了。六年后，长大的五羊离开了染坊去当兵……故事的最后，老年龙眼想起自己的战友时常泪流满面，他惦记着和老六、五羊桃树下相聚的约定，可村人们不理解，儿子和孙子也不理解，甚至他那些故事被报纸登出来后被人说是骗子……

《龙眼传》中的小主人公龙眼，母亲死于轰炸，爷爷遭遇逮捕，几经辗转漂泊，从锦州城来到碱草村，最后沦为矿区劳工。文本通过"逃难大军"中一个普通儿童龙眼的生活轨迹，揭露日寇在东北实施"集家并屯""强征劳工"等罪行，以个体伤痛恐惧折射东北民众的集体创伤。所谓集家并屯，是将分散在各个村落的老百姓强行迁出大山，搬到规定的几个大村屯居住。在文中,日寇和汉奸威逼利诱碱草村人,美其名曰这是"过上热闹的部落生活"。但事实上,日本人打砸抢烧,根本不管百姓死活,本意是想切断老百姓和抗联的血肉联系,断绝抗联的物资支援。龙眼进了所谓的"部落",看到村长彭老大仅有的大黑牛让日本人杀了,围子里绝大多数人没有房子住,人饿得脸上连菜色都没有。龙眼幸存下来是因为想到了骡子粪里有碎苞米,这么几粒米勉强维持了生命。作者以触目惊心的笔力写出了日寇滥杀无辜、惨无人道、人民生存恶劣、举步维艰。龙眼明知征用矿工是日寇幌子,却还是换了4个救命馒头给梅姨,这小小举动强化人性温暖。矿区集体暴动逃亡不仅仅是个体冒险自救的行径,更代表着东北民众自发自为抗争的普遍性。

《龙眼传》读至文末颇有些唏嘘,历尽磨难的龙眼在向后辈讲述陈皮大队的故事时,因所谓的记者媒体查阅不到陈皮大队存在与否的信息,便认定龙眼是个骗子。曾经,这个无家可归的孤儿认识了陈皮、孔先生等人,一起暴动成立了英勇的陈皮独立大队。这支队伍所向披靡,取得了大大小小十几场胜利。也许它的胜利在整个全民族抗战进行曲中显得微小,但这段以一己之躯力抗强敌的战斗仍显得高光华彩。作者通过这样一个反差巨大的结尾,意图唤醒生活在和平年代人们丢失的文化记忆,祖辈们用铮铮铁骨铸就钢铁长城的历史不该被遗忘。走进历史,寻找真相,拒绝遗忘,敬畏英雄,才是一个中国人的良心所在。

《土炮》讲述了一个儿童墩儿和母亲在山洞里躲避战乱的故事。墩儿的舅舅火勺在缸窑镇德味楼当厨子,平日里最疼墩儿,常给他送猪油渣子吃。墩儿也喜欢自己胖胖的舅舅,梦想着跟他学厨子。墩儿10岁那年,火勺被逼着给日本人做了一回生日席面,镇上的人都将他看作汉奸,墩儿的父亲老拐也不让墩儿和他来往。墩儿父亲是铁匠,收养的儿子双喜学打铁深得他心,墩儿性子软不如他意。双喜瞒着老拐参加了义勇军,阴差阳错打下了日本飞机铁老鸹后与双亲、墩儿告别去深山打游击。老拐曾被抓去制炮,看到日本飞机隔三岔五飞来打死老百姓,又接到双喜死讯后心中愤愤,便暗地打造了一门土炮,拉着墩儿去香炉山上打铁老鸹。终于在蹲守一个月后,老拐成功打下了一架飞机。为了躲开日本人的报复,老拐进了深山,墩儿跟着舅舅住在镇里。五家子村躲兵半个月放松了警惕,鬼子兵趁一日天黑屠了村。墩儿的弟弟妹妹和奶奶都被刺死，只有母亲逃过一劫却落下了眼瞎的毛病。火勺答应给墩儿一副羊拐，让墩儿拿来了父亲做的两个土雷。火勺借着给日本人做席面行刺，被日本人发现后杀害，老拐趁着夜黑将尸体背回来安葬。老拐带着墩儿和妻子来到山里硝洞里盘了炕，教给墩儿如何打野味和四十二路梅花刀的打法后，便跟着队伍去打日寇。墩儿下山去买米，遇到了好心的浦家酱园掌柜和沈先生，他们给了墩儿一坛酱菜。墩儿和母亲在硝洞里开始了隐居生活，墩儿春天挖野菜，冬天打野味，有时下山用父亲留下的几元大洋换取米糠，还为母亲种植了最喜欢的蔷薇花。在第五年时，墩儿开始乞讨，无意间发现日军在找医生杨先生呆的锄刃沟村，墩儿担心锄刃沟村成为第二个五家子村，急忙赶回村通知大家，村民及时进山幸免于难。墩儿发现了抗联义勇军的密营，日本人要抓的浦掌柜和沈先生正藏在里面。墩儿叫来了杨先生看病，照料了两人一段时间。叛徒出卖密营地址，沈先生被枪弹击中。十五岁那年，墩儿扛着老拐留下的土炮来到了缸窑镇，看着鬼子基地的膏药旗准备打一发，但是土炮常年失修成了哑炮。不久后，墩儿在用黄羊皮换布衫时差点被日本人抓去当劳工。经此两件事后，墩儿长年不下山，一晃十年过去了。这一年，墩儿扛着新填制的土炮下山去打鬼子，却被当作日本特务抓了起来。原来，日本人已经投降。好在父亲老拐历经磨难回到了硝洞，证实了墩儿身份，一家人终于团聚，回到了五家子村开始新生活……

10岁男孩墩儿因战乱携母避于山间洞中，一晃十余年。十年，换了人间。墩儿和母亲在漫长的黑夜等待中盼到了黎明曙光。墩儿是何其普通的孩子，他瘦小懦弱，不如双喜抗事，不受父亲喜欢。但这么一个小孩就是逆境中的无名英雄，他坚定地保护着瞎眼娘，克服无数恐惧和孤独，在荒岭中寻找食物，凭借着一点点口粮度过难挨的苦日，展现了个体生命在极致压迫下可以达到的韧性与顽强。父亲老拐"约定回来"的承诺成为墩儿的精神支柱，他临别前教授的各类知识技能在墩儿野外生存中得以具象化。墩儿藏身的硝洞与以色列作家尤里·奥莱夫的作品《鸟儿街上的岛屿》中的78号阁楼有异曲同工之处，两处作为儿童逃离现实、隔绝迫害的"孤岛"，既是一个相对安全的避难所，也是其构建生存信念的精神堡垒。墩儿和阿莱特斯机智聪敏、毅力卓绝，都等来了父子相聚的大团圆时刻,以堪称奇迹对抗无常的结局消解战争的至暗残酷,迎合儿童文学对于希望和未来的光明坚守。

作者张忠诚的"东北抗联三部曲"在扎实的史料研究基础上,以还原东北儿童生存样貌为基点,重构东北十四年抗日战争的历史图景。"三部曲"在"一人、一群、一校"叙事框架下展开,虽各有侧重,但都以点见面、以小见大辐射世态百相,多角度、多层次地呈现一个立体真实的战时东北。彼时已经被归为伪满洲国的东北,遭受了整整十四年的蹂躏欺凌,东北抗联带领人民进行了艰苦卓绝、不畏强暴、英勇反击的抗争。作者用极为细腻的笔法塑造了一些生动鲜活的人物形象,尤其是几位作为叙事核心的小主人公——龙眼、茂生、铁血和墩儿,他们的经历和性格在抗战题材儿童小说之林中较为罕见,是作者凝结心血而寄寓民族精神的典型形象。茂生的懦弱正直,铁血的执着勇毅,龙眼的不屈不服,墩儿的求生意志,作品将他们的遭遇与气节描绘得入木三分,具有清晰的现场感和代入感。

在"后记"中,作者张忠诚指出自己的三部曲并非书斋里的爬梳,而是从几千个亲历者的口述记忆中提炼的真实历史。书中展现的日本人滔天罪行,字字泣血、铿锵有力,"三光""集家并屯""奴化教育""强征劳工"等暴行被作家编入当时当地的语境,按照史实本来面貌翔实地写出日寇残暴和人民苦楚,以非虚构的文化承载力抵达现实彼岸。作者出于对儿童的保护和爱惜,审慎克制地表达着这段惨痛历史。比如在《龙眼传》中,独立大队全军覆没的前夕,日夜相伴的陈皮大叔留下"你们好好长大,那时要是鬼子还没打走,你们接着打鬼子"殷切嘱托给龙眼。龙眼没有亲眼看见战斗的惨烈场面,而是在后山听枪响熬到一点动静也没有。老六叔去前山看情况,龙眼听到他刨土声断断续续的,忍不住问道"叔,前山咋样?"老六叔那句"再也没有陈皮大队了,别惦念了,他们都睡得很好"四两拨千斤,达到此时无声胜有声的震撼效果。作者将易慷慨激昂之处做了轻柔深情的处理,符合儿童心理接受能力,分外浓烈具有张力。

作者深入东北大地,捕捉生活细节,对战时东北民俗风情和生活百态有着丰富细致的描摹,尤其是对"饥饿"这一人类基本生存体验的表现。战争带给人们的不单是肌体挨饿受冻,更多的是带给人们精神上的缺粮和创伤。在《龙眼传》中,龙眼曾用溪水冲洗骡子粪从中淘出两把苞米粒,他只吃了十几颗将剩余的收起来。一个瘦骨嶙峋的小男孩激发了龙眼的怜悯之情,他将自己的苞米分给了他。后来,这个小男孩因为饥饿吃下野白菜中毒而死。龙眼眼睁睁看着小男孩死去却无能为力,他只能默默流着眼泪踏上寻食之路。对于饥饿的共同记忆唤醒了人与人之间强烈的情感链接。在食物极度匮乏的情况下,人的生命脆弱到不堪一击。在《柿子地》中,陈铁血决心要打败吉野,同学们都认为是他吃得太少导致体力不足。卖火烧的乌恩不限量地为铁血提供火烧,甚至在知道他摔死了吉野之后,将所有的火烧倒了出来,为他提供逃亡路上的重要援助。可以饱腹的粮食升华为不可战胜的精神力量,给予处于弱势的人民坚定自我的乐观态度。在《土炮》中,墩儿下山买米时拿 10 斤米换成 30 斤米糠,在硝洞里挖老鼠洞找粮食,在饥渴时握一个雪团子,寒冬腊月逮雪兔,一入春挖野菜晒干……这些场景并不是什么有趣的生存游戏,而是实实在在存在过的严酷生存危机,文本用绵密细致的描写还原了被尘封的历史记忆,真实记录人民在抗日战争年代的疾苦与挣扎。作者通过书写饥饿客观审视战时人民的遭遇,将极端境遇下人民的困窘、苦涩与无力展现无遗,此时饥饿已成为一种象征,具有明显形象的生命体认和个体记忆,深层地反映出人民内心的痛苦与绝望。

抗日战争时代充满黑色云雾,每一个人的命运走向都犹如一个问号,那些试图掌握自己生命轨迹、以自己的方式奋起反击、争取自由生命权利的人民都是独一无二的孤勇者。作者张忠诚在书写"东北抗联三部曲"时践行其宗旨"把真实还给儿童",作品以历史考据的功力、翔实丰满的内容、朴拙扎实的语言、紧密真情的叙事达到了极高的艺术水准,是中国新世纪抗战题材儿童小说中具有极强生命力的标杆之作。

第三节　凛冽寒冬中的一曲暖歌

——常新港《寒风暖鸽》

　　常新港是享誉全国的优秀作家，是站在中国儿童文学金字塔顶尖的领军人物之一。常新港目前出版长篇小说 13 部，3 次获得中国儿童文学领域最高荣誉的文学大奖。2019 年出版的作品《寒风暖鸽》是一部聚焦"二战"尾声儿童生存状态的作品，延续了其稳健从容的叙事风格，以生动扎实、机智诙谐、灵气纯真的语调讲述了那个年代的温暖故事，将人道主义终极关怀倾注在一段"命运共同体"的呈现中。

　　1945 年的那个冬天和往年一样寒冷。马树家的屋顶被寒风撕开了一个口子，爸爸维修时发现了一窝小猫在那安了家。马树收留了小猫们，将它们挪到木板搭建的仓库里。一个犹太男孩鲁塔来找猫，马树宣布自己已是小猫的新主人。鲁塔看到小猫被照料得很好非常高兴，也默许了马树的行为，因为他家小猫是被楼上的俄罗斯人赶出来的。马树的爸爸马老大每天推着摊车去街上卖猪头肉，马树会帮着爸爸收拾猪毛。俄罗斯人老维卡曾是个作曲家，但来到哈尔滨后终日无所事事，将带来的东西都抵押在松谷典当行。马树曾看到老维卡的儿子小维卡抢了烤红薯就跑，小贩却没法向醉醺醺的老维卡要到钱。马树本准备伸张正义找小维卡打一架，得知他打败过自己学校教日语的老师新野丸由衷敬佩，两人成了好朋友。马树讨厌日语课，曾和同学们打比喻，称说日语就像吐东西，大家听了都哈哈大笑。林栋将这句话告诉老师新野丸，新野丸当众扇了马树十几个巴掌。马树决定找林栋报仇，却被保护他的流氓揍了一顿。马树受伤躺在床上，鲁塔前来探望。鲁塔澄清自己的父亲不是庸医，而是车夫鲁四不听医嘱造成腿伤。马树跟着鲁塔去家里看病，看到他母亲坐在轮椅上，得知他们一家曾在德国生活，听闻"二战"屠杀犹太人的消息，漂洋过海历经 2 个多月、十几个国家来到了中国，但是在赶来哈尔滨的一个雪夜，马车翻了压断母亲双腿。马树跟着小维卡学起拳击，学费是 10 天交

1包猪头肉。马树被小维卡的妹妹薇拉吸引,开始在乎自己的外貌和着装,特意给维卡带薇拉爱吃的猪耳朵。日本人怀疑老维卡是苏联间谍带去调查,犹太学校校长刘胤为了保护老维卡最爱的钢琴不被松谷典当行的松谷一郎觊觎,挪到了犹太学校的地下室。老维卡被关了4天回到家中得知自己视为生命的钢琴还在很是感动。苏联增兵东北边境,生活必需品被高价收购,猪肉价格水涨船高。车夫董四化名加入了地下抗日组织,而鲁塔的父亲,这位正骨医生被日本人逼迫送往前线医院。鲁塔父亲挂念坐轮椅的妻子和年纪尚小的儿子,用左手砍断右手的代价回家。寒假过后,马树仍未忘记找林栋算账的事,却发现那群打他的流氓向林栋索要保护费。马树用一个假期所学的拳击技巧击败了流氓。局势趋紧,授课的新野丸辞职,而松谷一郎在老维卡家弹了一首钢琴曲后也关门大吉。老维卡去看松花江开江跑冰排,坐在一大块冰上顺流而下,小维卡和马树拼命将他救上岸。苏联向日本宣战后,日本没多久宣布投降。鲁塔和父亲要启程回德国,临行前将送给马树一把苏子叶。马树将它放到熬制猪头肉的大锅取得很好效果,猪头肉变得更加香嫩。马树的妈妈生了一个儿子,又领养了一个女儿。女婴孩是日本人的孩子,马树为她取名叫小雅。苏联人将老维卡关起拷问,担心其是日本人的双面间谍。马树在苏联军官面前起誓要娶薇拉为妻,军官看出了这个男孩的干净认真便将老维卡释放。8月,马树想着未来的生活心满意足,只觉得世界上最漫长的寒冷已经过去……

《寒风暖鸽》故事设定在1945年哈尔滨光复的前夕,这座冰雪城市已在第二次世界大战阴影笼罩下晃过了近十四个动荡不安的年头。这里的战场已经不是战争刚爆发时期的惨烈拼斗,一切都进入了春天来临前的蛰伏期,一切都在等待着破壳而出。文中没有出现一颗子弹和一次牺牲,人民的日常生活在寂静的守候中井然有序,他们总有生生不息的力量在黑暗前行中觅到以希望为名的微光。作者为我们刻画了4个孩子的友谊和勇气,以中国孩子马树的经历为纽带,串联起犹太男孩鲁塔、俄罗斯男孩小维卡和俄罗斯女孩薇拉的故事,他们相互辉映的人生构成了真正宝贵的历史。儿童之眸穿越寒冬封锁,他们给予彼此的爱与呵护便是寒风中的"暖歌",是足以抗衡世界不公的强大武器。

关于战争，作者将其作为一条隐线贯穿全篇，既表明了正是由于战争的逼迫才令孩子们相聚此处，又表现出一种反抗外族侵略的决心和满腔的浩然正气。开篇，"前半夜的雪，像是满嘴黄牙的哑巴巨人蹲在天上，躲在脏脏的幕布后面倒下来的"中，"黄牙"的丑陋，"哑巴"的沉默和"幕布"的叵测以象征手法道出了东北人民的险恶处境。在哈尔滨人的眼里，这个冬天和"一九四四年的冬天，一九四三年的冬天，再往前数回去的一个个冬天，不都这样冷吗？"冰封的不只是天气，还有人们对于现实的幻想。随着故事发展，4位小主人公因国籍和经历的不同组成了多元文化交织的"命运共同体"，一段成长延宕至另一段成长中激起浪花，人物群像"碎片化"日常的竞相出演共同构成哈尔滨的微观史诗，映射着哈尔滨这一国际政治博弈点的复杂性。马树勇敢有担当，在守护钢琴、冰排救老维卡等事件中展现中国人的热血侠义精神，在面对日本教师的奴化教育时深恶痛绝，而马树父亲马老大经营的猪头肉摊腾起热火朝天的市井烟火气；鲁塔一家从德国到哈尔滨的逃亡，战争结束后返回家乡的历程承载着犹太民族的苦难史，他们如同草芥为历史洪流裹挟飘摇；同样因为战争缘故来到哈尔滨的老维卡自暴自弃，丢掉了自己作曲家的荣誉身份，终日流连酒肆想念故去的妻子，又因身份敏感经历苏联与日本的两面审查，小维卡和薇拉在历史暴力下被迫成熟老练……

1931年"九一八"事变后，伪满洲国建立。通过这一傀儡政权，日本在中国东北实行了十四年的殖民统治。十四年，久到哈尔滨人民以为每个冬天都是难熬的凛冽，久到马树的日语老师新野丸相信总有一天中国人只说日语，久到典当行的松谷一郎以为老维卡视为生命的蓓尔森钢琴会是囊中之物。当日苏势力更迭时，日本人猝不及防从这片土地上退让。1945年8月，苏联出兵中国东北，对日本关东军发起进攻，加速了日本法西斯的覆灭，使得东北得以光复。作者常新港出生在天津，但他的童年和少年大部分时间是在黑龙江度过的，后又在哈尔滨生活了近三十年。在东北生活的这段经历成为作者日后写作的原点，哈尔滨的常住居民有中国人，有俄罗斯人，有犹太人，还有混血儿。这座城市地标文化如同杂烩的大染缸流露出与众不同的气息，作者将笔触伸到这里就可以幻化出一个新异离奇的文学世界。作者在写《寒风暖鸽》曾寻访诸多街道老人，走访犹太人墓地。曾经迁徙到哈尔滨的犹太人足有2万多人，去世后葬在这里。犹太人墓地写下这样一段话："感谢你们保护好我们家族的过去，并让在这里的犹太人感受到尊严。"哈尔滨正是这样一座了不起的荣耀城市，它的血肉肌理里写满鲜活灵动的不朽长篇。

曾有专家锐评常新港的作品是"风雪童年"。作者常新港擅长将一个少年置于寒中泛暖的东北童年中锻造，得出只有伴随着艰辛疼痛的"冰天雪地"，少年才会真正地蜕变成长的结论。瘸腿的董四叔加入地下抗日队伍的行径表明，人们保家卫国的信心、死也不做亡国奴的决心才是平静大海心底的呼唤。在老维卡观松花江跑冰排这一情节中，开江春涌既是自然奇观，亦隐喻历史冰层的融化破裂与希望救赎的萌发来临。主人公马树为救老维卡纵身一跃投入河中，跨出了从稚气未脱的男孩向责任仁义的男子汉转变的关键一步，这样看似孩子气的行径却与时代历史相呼应，形成广博厚重的叙事张力。在西方世界，"鸽子"这一象征符号因常与神性寓意联结，在文学艺术创作中备受青睐。而现在"鸽子"被赋予和平、温暖、善意与爱的含义在世界文学语境中广为认可，在《寒风暖鸽》中，这一意象正是代表着飞翔与自由、解放与明媚。书中，"太平鸽穿越城市上空"通过光明的结尾预告了城市与人民的新生。马树这些孩子在历经自然酷寒与政治严寒双重困境后，以内心的炽热与友情的温情拥抱明天。"寒暖"象征与修辞贯穿全文，最终在"暖鸽"意象中达成和解统一。

《寒风暖鸽》作为常新港历史沉思之作，将战争、种族、人性和文化等命题融入儿童细微日常中激发升华，不仅是对抗日战争这一特定历史文化事件的文学存档，更是传递着一种恒定普世的价值观——对差异的包容、对和平的向往、对生活的热爱、对暴力的抵抗、对善良的追求才是中国少年儿童理解世界和自我的精神图腾。

第七章
失落的北平

      1937 年 7 月 7 日是中国抗日战争史上的关键节点,以发生在北平城附近的卢沟桥事变为标志,抗日战争全面爆发。平津失陷后,日本侵略者在北平霸占土地、欺压百姓,造成巨大的人口伤亡和财产流失,其间烧杀抢掠无恶不作、罪行罄竹难书。北平城虽然被侵占,但是城内人民的反抗却一直没有停止,这里也是中国共产党领导人民抗战的前沿地带。在这片热土上,活跃着奋勇前行的英雄儿女。史雷的《将军胡同》和王苗的《雪落北平》以不同视角追溯抗战时期波澜壮阔的抗争史,勾勒一幅幅北平人民在恶劣环境下顽强生存的图景,洋溢着爱国主义正能量,给予青少年启迪与反思。

      《将军胡同》和《雪落北平》皆以老北京文化为叙事底色,通过北京方言、风俗、风物风貌与日常生活细节强化历史的真实感,以小人物见证大历史演绎个体成长与家国叙事的同构,从而以地域文化的坚韧控诉战争对文明的巨大破坏。《将军胡同》融合幽默与悲壮,聚焦图将军这一典型人物的成长弧光,而《雪落北平》塑造群像人物,在意象氛围的刻意营造下,探寻文明存续的根本议题。

第一节　北京胡同里的抗战往事

——史雷《将军胡同》

由"70后"作家史雷创作的中篇小说《将军胡同》出版于2015年。《人民文学》2015年6月期首设《纪念中国人民抗日战争胜利暨世界反法西斯战争胜利70周年特选作品》专栏，《将军胡同》是选刊作品之一。在众多纪念抗战胜利主题先行的儿童小说中，《将军胡同》以其卓尔不群的风姿风骨佼佼其中，斩获第一届"青铜葵花儿童小说奖"之最高奖"青铜奖"桂冠，被评为2015年度"中国好书"。

"青铜葵花儿童小说奖"名称取自著名儿童文学作家曹文轩的同名儿童小说《青铜葵花》，可以看出这一奖项纯美、隽永、深邃的纯文学取向。儿童文学评论家刘绪源在获奖词中以"作品浑然天成、气象高远，有鹤立之势"高度评价《将军胡同》。走进皇城根下的将军胡同，我们走近了老北京人的抗战灵魂。

作品采用了第一人称视角，"我"住在奉国将军府邸姥爷家，是富裕人家的小少爷。图将军是"我"眼中最常出现的人物。奉国将军的后代图将军甫一出场，便展现一个典型的八旗纨绔子弟特质，精于玩乐，变卖家产。经姥爷善意提醒，图将军体内的善良、耿直、孝顺的天性被激发，开始自食其力拉车过活。"我"在听唐山皮影戏时认识了唱得一手绝活的秀儿，她爹为生计所迫把秀儿留在姥爷家，两个人成为好朋友。"我"在图将军的帮助下用8厘的蛐蛐"铁弹子"战胜了汉奸秦孝天的凶虫紫黄，用秋后蝈蝈"老将黄忠"斗赢了日本人老横泽，还收到了友人横泽的礼物"鱼美人"，可老横泽被误认为是日本军官而打死，"铁弹子"负伤过重而死，精心照料的"鱼美人"被搜家的日本宪兵踩死，一个个亲近的朋友离去使"我"和图将军悲痛万分。"我"和秀儿目睹耍猴戏的美猴王死在日本人枪下，去北京霍乱的源头石景山铁矿村，得知秀儿父亲被日本人活埋的事实，与图将军去郊区放风筝时收留了獚狗"铁苍狼"，在猎獾时遇见了被日本宪兵队追捕的大舅，"铁苍狼"为掩护大舅逃跑惨死敌人枪下，图将军在给母亲抓中药时遇到了两个日本便衣，用漂亮的跤法摔死了他们，姥爷为图将军举办了三等奉国将军仪制的丧礼，整条胡同的人都来相送这位英雄……

全书叙事轻快扎实，细节绵密考究。故事中出现的人物、动物、器物、物候、风俗、民情，丰富雅致、韵味极深。老北京人在家国沦陷的时局下，所展现出的民族气节、品德大义，至情至性，令人动容。书中每个章节的题目"铁弹子""美猴王""老黄忠""鱼美人""铁苍狼"等是以出场的动物取名，蛐蛐、猴子、金鱼、猎獾，本是平安盛世供人愉悦的宠物，却以短暂光辉的生命牺牲在与日本人抗争的前线。他们有灵性、有血性、通人性，天然具备的忠贞、刚烈的气性与爱国人士相通，促成了图将军的日益转变和"我"的裂变成长。因这些动物舍身就义的情节铺垫，图将军的死虽巧合戏剧，却并不突兀，最熟悉的动物们逐个消失，象征着他封闭精神世界版图的瓦解，内心最柔软脆弱的一部分被炙火淬炼，变得刚硬果决，铁苍狼的离开成为"最后一根稻草"，直至徒手摔死日本便衣，以自己的方式完成抗日壮举。

书中见证者"我"聪敏勇敢、真挚朴实，在这一儿童视角下轮番出场的人物，寥寥数笔，个性鲜活，足以印象深刻。比如生在汉奸家里的小海子，被日本教师罚站，坚守自己道德底线；开明随和的姥爷，一身民族风骨，虽不理解子女们的革命事业，却也不反对，给予了尊重和自由；随学校迁往南方"我"的父母，善良操心的姥姥、知恩图报的赵姨、仗势欺人的汉奸秦孝天、喜爱中国传统文化的老横泽和女儿美香，投入救国浪潮中的大舅和二舅以及将石景山霍乱之时日本人活埋制铁厂苦力真相告知"我"的中国警察等等，作者倾力描绘了抗战这一特殊时期北京的不同阶层、不同年纪、不同方式的众生群像，在浓郁的京腔京调中娓娓道来鲜活日常，不疾不徐将积蓄的抗日情感融入其中，铺展开一段属于老北京普通人的抗战往事，唱响一曲属于"平民英雄"的慷慨赞歌。

《将军胡同》选取一条普通的北京胡同作为窥探北京战时情境的缩影，在形象塑造和艺术风格上与老舍先生的《四世同堂》有异曲同工之妙。作品童真童趣，逸味横生，饱满的生活微小消解了战火年代的硝烟气息,其中唱皮影戏、斗蛐蛐、养金鱼、熬制酸梅汤、泡茶馆、看猴戏、养猎獾等,是身为四川人的作家史雷做足了老北京人的调查工作,而出具的一份可查可究的名物实录。但这部作品的优秀不止于此,将个体生命的充沛体验放置在国家和民族攸关生死的历史中考量,家国一体、文化反思的情怀尽显其中,而少年身上具备的正直、勇毅、宽容、理解、坚韧等品格正是面对苦难、面对战争应有态度。文中塑造老北京人爱憎分明、铮铮铁骨的精神气度,中华传统文化精粹的体现以及典型人物图将军身上的义气、侠气与局气的和谐交融,使这部作品成为血肉丰满的经典之作。

第七章 失落的北平

第二节　静默无声与振聋发聩

——王苗《雪落北平》

　　青年儿童文学作家、北京大学中文系才女王苗创作的《雪落北平》是其系列书籍"京味童年"中的第二部。2019年出版的《雪落北平》写活了抗日战争北平沦陷区的民众生命情状，透过生活在高级知识分子家庭中的幺女目光观察着周遭世界的变幻，将普通民众和抗日人士是如何保护中国文化的一段历史截面展现在读者眼前，尽显北京人精气神和傲然风骨，值得青少年细思细想、阅读品鉴。

　　《雪落北平》小主人公名叫蓁儿，刚出场时只有5岁。她内向敏感、身材瘦小，像一株野草在角落慢慢生长。父亲钱千里在国立北平图书馆上班，大姐祖芬聪明乖巧，二姐祖薇活泼伶俐，三姐祖蕙温和娴静，四哥祖衍调皮捣蛋。父亲的好友郑叔叔在上海商务印书馆工作，他在冬日来到家中，和父亲谈起了北平现状，日本人即将兵临城下，图书善本保存工作刻不容缓。父亲交付了郑叔叔几百箱珍贵的古籍书卷，让其带到上海收藏。郑叔叔膝下无子，提出要收养三姐祖蕙的请求，父亲答应了。蓁儿一直以为郑叔叔最喜欢自己，感到一丝失落。祖芬学习成绩优异，一心想报考北京大学。父亲带着祖衍和蓁儿去北平图书馆给祖芬挑书，书库浩如烟海、书架密密麻麻，蓁儿学习到了通过标号找到书籍的方法。日本人发动了卢沟桥事变，北平街上人们议论纷纷。蓁儿的母亲生她时落下了妇女病，常感觉腹痛难忍，终于决定去德国医院做手术。二十九军损失惨重，北平失守。蓁儿母亲手术失败，父亲和子女们将她安葬在城南的法源寺，在卢沟桥为国捐躯的佟将军也葬在此处。日本人占领北京城后，城内成为人间地狱，除了打劫杀人，还进行了禁书。父亲留守北平国立图书馆，日本人因其有美国人的支持没有过多干预，但还是强行带走了几百箱书烧毁，并把大部分书列为禁书，不许民众借阅。日本华侨涌进北京城，蓁儿家胡同里住进了姓平野的一家人。平野家男孩想加入孩子们的游戏队伍，反被捉弄，父亲教育了祖衍和蓁儿，欺负一个小男孩并不能抗日报仇，是不高明的手段，北京大学南迁，父亲工资锐减，祖芬休学在家，祖薇考上了燕京大学。祖衍不服日本人上课被管事打骂，经父亲教育后决定要学好技术，将来为祖国造飞机。祖芬拒绝了一个日本人吉村的追求，没想到抗日锄奸队炸了日本人的车队，这里面就有吉村，父亲得知情况后害怕牵连到祖芬，让她连夜起身前往大后方西南联大。父亲带着蓁儿拜访北大教授孟爷爷，孟爷爷受到日本人的监视赋闲在家，他和父亲商议购买一批消失已久、重新面世的文献《脉望馆钞本元杂剧》。北平一日日萧索，父亲勉力维持着家，家里粮食入不敷出。蓁儿有一次去找姐姐祖薇，正碰上祖薇和同学们在未名湖畔即兴演讲，蓁儿看到他们青春靓丽、口若悬河的样子敬佩不已。一名日本军官在燕京大学校门口撞死了学生冯树森，他拒不认错、强词夺理，祖薇的同学孙以明晓之以理说服了日本军官，他面红耳赤道歉后溜走。日本人偷袭珍珠港，和美国开战。父亲的图书馆失去庇佑，遭到强行闭馆。前来搜馆的日本军官责问父亲，一些重要文献资料的来源和下落，父亲的回答滴水不漏。日本军官发狠令人将父亲带去宪兵队，前去找父亲的祖衍偷跑找到了孟爷爷寻求帮助。孟爷爷为了救父亲给汉奸李牧野打了招呼，李牧野当上了北平图书馆馆长，父亲被放了出来，祖衍被迫踏上逃亡之路。翰墨轩的朱掌柜曾提醒过父亲小心水谷，提前把珍贵书籍带走保护，原来他是中共地下党员。燕京大学被封校后，几个进步学生正是通过朱掌柜的途径准备进入延安，其中就有二姐祖薇。斗转星移，父亲在一年年修补古书中老去，蓁儿也成为家里的顶梁柱。这一年冬日过去，北平树上萌出新绿，蓁儿在去给家里买粮的路上发现平野家正要搬走，看到路边伴着春风招摇的野草，内心被不知名的温暖力量充满了，不由得继续向前走去……

《雪落北平》中的小儿女们正如他们的名字一样，芬、薇、蕙凌风盛放、鲜艳夺目，祖珩独一无二、疾恶如仇，而蓁儿生命旺盛、百折不挠。姐姐们和兄长对于年龄尚小的蓁儿而言，是学习和效仿的榜样。祖芬笃于学业、爱护家庭，选择了去西南联大深造；祖薇关心时局、率真坦荡，选择去延安延续革命事业；祖蕙气质突出、钟爱丹青，选择了去上海学习画画；而祖珩为了保护父亲而暴露自己，不得不逃离北平避难。钱家青年的价值选择指向了在抗战时期有志学子的最终归宿，他们风华正茂、朝气蓬勃，以不同的方式救亡图存。他们作为幼小蓁儿期望的寄托和情感的投射，将青年人必胜的火种带到了各处。

这是一本极有北京风味的书，从历史、宗教、建筑、风物、人情描述中渗透出浓浓京味。比如杨六郎的赤城，詹天佑的高义，袁崇焕的悲壮，丁申丁丙的不易，以及蓁儿父亲钱千里、郑叔叔和孟爷爷为保护中华传统文化根脉，尽力保护、修缮和购买珍稀善本，他们的节气义理、修养气度是出于油然而生的文化自信心和民族自豪感。文中的父亲是塑造的亮点人物，他在北平沦陷后坚守图书馆，克服重重困难，为走入精神困境的市民们和困苦难挨的青年人提供一扇书的窗口，像一盏黑夜里的明灯烛照人们的漫漫前路。蓁儿目睹父亲和兄长、姐姐们的努力，一点点懂得保护图书、保护图书馆、保护中华优秀传统精粹的重要性和紧迫感，防止敌人从我们手中夺走属于祖先和民族最宝贵的文化。文化之火，星点相传，作者在大量史料和研究专著的基础上，搭建起人物生活的场景，构造出栩栩如生的人物角色，虚实相生、动静结合，国立北平图书馆、"父亲"、郑叔叔、孟爷爷、祖珩、法源寺等在现实中都有原型，故事情节更为真实可感，读者从叙事发展中得以触摸历史本真。

那年大雪落满北平，静默无声似是掩盖了世间一切是非，所有的人事羁绊归于虚无长空。然而历史转身处必有铮铮回响，在文献史册上、在历史想象里、在国家记忆中，一个人、一群人、一个民族在斑驳泥泞中蹒跚前行的倔强姿态仍定格着激情燃烧的岁月，中华民族的魂魄在怒吼，那声音至今振聋发聩。